新装版

恨《ハン》の法廷

井沢元彦

小学館

はじめに

井沢元彦

　私は文筆業のキャリアをミステリー小説家としてスタートした。推理小説界の登竜門「江戸川乱歩賞」をＴＢＳ記者時代に受賞したのがきっかけだ。いまから四十年近く昔のことである。その後、記者を辞めて文筆業専門になったのだが、そのうちに小説つまりフィクションよりも、歴史というノンフィクションの面白さに目覚めて、ノンフィクション作品第一号として『言《こと》霊《だま》』（祥伝社刊）を一九九一年（平成３）に発表した。その後はライフワークとも言うべき『逆説の日本史』（小学館刊）の執筆を始め、日本の歴史を頭から書き直している。また、その完成を待って始めると「時間切れ」になりそうなので、『逆説の世界史』（小学館刊）も書き始めた。何とか生きているうちに両方とも完成させたいというのが、文筆家としての最大の念願である。

　この『恨《ハン》の法廷』は『言霊』と同じ年に発表した作品で、これは小説だから「小説家という職業」に一区切りをつけた時の作品である。その後も断続的に小説は書いているのだが、これ以降はフィクションよりノンフィクションの方が中心になっている。すなわち、この作品はフィクション作家からノンフィクション作家への過渡期の作品と言えるだろう。いま読みかえしてみると、自分でも意外だったところがある。後々ノンフィクションのテーマとして真正面から取り組んだことを、この時点ですでに意識していたことだ。たとえば朱子学《しゅしがく》という「インテリのヒステリー」がいかに東アジア全体の歴史に悪影響を与えたか、などというところである。

小説家の世界には、「若書《わかが》き」という業界用語がかつて存在した。要するに「若い時に書いた、いまより未熟な作品」ということだが、この作品にも確かにそうした一面はある。だが、いま読みかえしてもそれほど不細工だとは思わない。もしもそうなら、今回の「新装版」の出版を私は認めなかっただろう。そんなものを読者に買って頂くのは、失礼極まりないからだ。逆に言えばいま一つのピークを迎えている「日韓問題」の根底には、私が二十九年も前に指摘したこととほどんど変わっていないものがあるということで、だからこそいま再び読んでもらう価値があるのではないか、ということである。冒頭に出てくる「事件」は、当時実際に起こった事件をモデルにしている。まさに「文明国」では起こり得ないはずの事件がなぜ起こったかということが、私の創作動機になっているということだ。いま読みかえしてみると、書き直した方がいい、いや書き直したいという欲望にかられるところが少しある。当時の私の勉強不足、認識不足に基づく部分だ。しかしそれはあえて書き直さないことにした。二十九年前に書いた作品をそのまま読んで頂くことにより、「日韓問題」の根深さ、それに対する日本の小手先の弥縫策《びほうさく》が事態を悪化させてきたことを認識して頂きたいからだ。書き直したい部分についでは「あとがき」で触れることとしたい。

ところで、私はこれまでフィクションとノンフィクションを同じ「井沢元彦」名義で書いてきたのだが、最近これでは読者が混乱するのではないかと思うようになった。小説はフィクションだからデタラメのデータを入れてもかまわないが、ノンフィクションではそれは許されない。しかし同名義だと小説で創作したエピソードを読者が事実だと錯覚する危険がある。つまりフィクションとノンフィクションを同時並行で発表する場合は、同一人物でも名義を変えるのが合理的な解決策ではないかと思うのだが、本作品は発表当時の形で読んで頂くため名義もそのままにしておく。ご了承願いたい。

それにしても改めて思うのは、歴史というものの根底に潜む宗教や思想を抜きにしては、現実の政治や外交も決してうまくは行かないということだ。もちろんそれは、韓国側がしばしば口にする「歴史を直視せよ」という言葉とはまったく違うことを言っている。彼らの言う「歴史の直視」とは言葉どおりの意味ではなく、「韓国の見方をすべて認めろ」ということにほかならず、それは儒教のもたらす「韓国が上、日本は下」という偏見に基づくものだからである。

プロローグ

「ここは文明国なのか！」

高沢次郎はこの日何度目かの罵言《ばげん》を口にした。最初は吐き捨てるように、そしていまは悲鳴を上げるように。

車は高速道路をソウルに向って疾駆していた。ハンドルを握っているのは、部下のソウル文社営業係長の辻岡、助手席には専務の佐藤がいる。

「社長、お腹立ちはもっともですが、その言葉はできるだけ外では口になさらないように」

高沢の隣りに座っている日本大使館員の駒田が、そっと注意した。

「あんたはまだそんなことを言ってるのか」

高沢の怒りが爆発した。

「――こんな目に遭っているのも、あんたたちが頼りないからじゃないか」

「申しわけありません。まさかこういう事態になるとは夢にも思わなかったので」

弁解しながらも、駒田は高沢の怒りを無理もないと思った。

まさに文明国では、法治国家ではあり得ない現象が起こっている。

高沢たちの車は、いま追跡されている。

すぐ後ろに自動小銃やライフルで武装した男たちの車が、せまってきている。彼等はギャングではない。れっきとした会社の社長とその部下である。

その相手、韓国人の林《リム》社長に、高沢は二日前まで監禁されていた。何も悪いことをしたわけではない。高沢の会社は、自動車関係の精密機器を製造販売している。林もその顧客の一人だった。新たに韓国でもその機器を製造販売することになり、高沢は林の要請に応じてその製造用機械を輸出した。その際、高沢は一つ条件を付けた。その機器を製造する際、部品は日本製を使うようにということだ。

林はその時不満な顔をした。

高沢はあわてて付け加えた。何も排外的なナショナリズムで言うのではない。

「この機器を完全な状態で作動させるためには、信頼度の高い一定の水準に達した部品を使わねばならないんだ。その水準に達しているのは、いまのところ日本製しかないんでね」

「韓国にも同じ部品はある」

林が不愉快そうに言ったので、高沢はさらに説得した。真に相手のことを思ってである。

「それは知ってるが、韓国製のは、まだまだ質が悪い。特に品質管理が悪くて、ひどいのが混じっていることがあるからね」

「そんなことはない、韓国製は世界一だ」

林は叫んだ。高沢はこれ以上相手を興奮させるのはよくないと思い、その場は口をつぐんだ。林に限らず韓国人は、「われわれは世界一だ」と、よく口にする。高沢はこれを冗談だとは思わなかったが、すべて本気だとも思わなかった。実際、技術の分野で本当に世界一かどうかは、はっきり目に見えてわかることだから、まさか忠告を無視して韓国製を使ったりはしないだろうと思ったのである。

ところが信じられないことに、林は韓国製の部品を使用したのである。確かに、分野によっては韓国製でも世界第一級の水準に達しているものもあるが、まだまだその数は多くない。特に、高沢の製造している機器の分野では、韓国は明らかに後れを取っている。だからこそ林は高沢の機械を丸ごと買ったのだ。林も高沢も技術者出身のタタキ上げである。高沢はいまでも作業服を着て、第一線の現場によく行く。その目で技術の最先端を確認し、合わせて現場の要求や不満を取り入れるためである。だから同じ境遇だった林も、当然そうしているだろうと思った。そして、そうしていれば、韓国製の部品を使うことなどは絶対にしないはずなのである。

それなのに、なぜか林は韓国製の部品を使った。そして当然のように多数の不良品を出し、取引先とトラブルを起こした。

その取引先とは、実はこれまで高沢の取引先だった。この機器に関しては、世界中でも高沢の会社ほど安く、しかも恒常的に供給できる会社はない。というよりも、これはほとんど高沢の会社で独占しているようなものだった。ライバルはいない。

ところが、林はその製造システムを入手するやいなや、韓国内で高沢の得意先に片っぱしから声をかけ、高沢のところより安く供給するからと、すべて奪い取ってしまった。それも、参考のためだからと林に頼まれて、高沢が渡した顧客リストを利用してのことである。

初めのうち、高沢は何かのまちがいではないかと思った。林との付き合いも、五年になるし、その間、親しく酒を飲んだこともあるし、契約以外のことについて様々な便宜を図ってやったこともある。もちろん契約も対等で相互に利益になるものだったし、このことは林自身も認めていた。感謝されたことも再三である。

それなのに、どうしてこんな忘恩的行為をするのか？

確かに法律に反する行為ではない。顧客リストを渡したのも、こちらがバカだったのだと言われれば一言もない。しかし、人と人との信頼関係はどうなるのだ。

高沢は怒ったが、事件はそれでは済まなかった。

林の会社が取引先から訴えられた。無論、不良品を納入した責任を問われたのである。

それを聞いて、心の底で「ざまあみろ」と思っていた高沢に、とんでもないとばっちりが来た。

林が高沢の会社を訴えたのである。もともと高沢の会社が不良品の製造機を納入したのがいけない、すべての責任は高沢側にあると、十億ウォン（約一億円）の損害賠償を求めてきたのである。

高沢は激怒した。生まれてこの方こんなに怒ったことはない。だが怒りが覚めると今度は、どうしてこんな理不尽な訴えを林が起こしたのか不思議に思った。

いくら何でも、いやしくも法治国家ならば、こんな無法な言いがかりが通るはずがないのである。

そのうち林が和解しようと申し入れてきたので、高沢はいままで色々と腹の立つこともあったが、すべて水に流そうと、ソウルから車で二時間ほどのところにある林の工場へ行った。

ところが、あろうことか、林はその場で高沢たちにライフルを突きつけ、日本から身代金を送らせるように強要したのである。

高沢は監禁され殴る蹴るの暴行を受けた。

幸いにも、日本大使館二等書記官の駒田と地元ソウル支社の営業係長の辻岡が、地元警察署にかけあってくれ、高沢は一度は救出された。

しかし、地元警察は、監禁・暴行・恐喝という三つの罪を犯したはずの林を、逮捕どころか取調べすらしようとしなかった。

その理由はすぐにわかった。地元警察の署長と林は賄賂《わいろ》を通じて癒着していたのだ。日本だけでなく、世界の文明国ならどこでも必ず逮捕されたはずの林は、近くのホテルで休養していた高沢を襲った。

高沢は必死に逃げた。

同行していた専務の佐藤、係長の辻岡、それに書記官の駒田は、辻岡運転の車でハイウェイをソウルに向って走った。地元の警察に駆け込むことはできない、そんなことをしても署長の餌食になるだけだ。こうなったら首都ソウルへ逃げ込んで最高検察庁へでも逃げ込むしかない。

「奴等、銃を持っているぞ」

後ろを振り向いた専務の佐藤が、身震いして言った。

十五メートルほど後ろにせまった林の車の中に、林や手下の男たちの武装した姿が見える。

「なぜ、奴等は簡単に武器を手に入れられるんです、自動小銃まで」

高沢は怒りと恐怖で蒼白《そうはく》になっていた。

「民防《ミンバン》用でしょう」

書記官の駒田が答えた。

「ミンバン？」

「民防です。いまでもこの国は臨戦態勢ですからね、職場や工場に武器が配備されているんです」

「何のためです？」

高沢はとっさにわけがわからずたずねた。

「北朝鮮の侵攻に備えてですよ」

駒田の言葉に、高沢は何か別世界の話を聞く思いがした。

侵攻、民防、そう言えば昔、子供の頃そういう言葉に激しく反応する時代があったような気がする。しかし、それはもう何十年も前のことだ。

いまはむしろ、とんでもない国に来てしまったという思いが強かった。

「駒田さん、この国に正義はあるんでしょうか」

思わず詰問調で高沢はたずねた。

「さあ、それは、どこの国でもあると思いますよ」

当惑して駒田は答えた。

「そうですね、こんな無法なことをしてマスコミが黙っているわけがない」

高沢は自らを慰めるように言った。

駒田は舌打ちした。だが正直に言う方がいいと思い直した。

「マスコミは当てにできません」

「どうして?」

目をむいて高沢は反問した。

「――この国のマスコミは、常に、身びいきですからね。特に日本人相手の場合はそうです」

言いにくそうに駒田は答えた。

「だって、奴等は犯罪者でしょう」

「ええ、それでも、よほどのことがない限り、マスコミは同胞の肩を持ちます。同胞というのは、もちろん韓国人のことですが」

「日帝《にってい》三十六年(*)ですよ、社長」

［＊かつての大日本帝国による韓国併合の期間（一九一〇〜一九四五）のこと］

ハンドルを握っている辻岡が言った。

「日帝三十六年？　ああ、日本の植民地支配のことか。でも、この件は関係ないだろう」

「そのはずなんですけどね、奴等、汚ないんですよ、何かというと日帝三十六年を持ち出すんです。日帝三十六年の間に日本人は何をしたか、それがわかっているなら、給料を上げろってね」

「そんな——だって、給料を上げる上げないは会社の業績との兼ね合いじゃないか」

「そんな理屈、奴等に通用しませんよ。それどころか、親戚《しんせき》から白い目で見られる日系企業で働いてやってるんだから、高い給料をとるのは当然だ、とかね。とにかく無茶苦茶ですよ、この国は」

辻岡はバックミラーに注意しながら、なおも早口で、

「賃上げ交渉がちょっとでも行き詰まると、奴等すぐに街頭に飛び出して、日帝三十六年の横暴を訴えて、会社に圧力をかけようとするんだから、しかも、新聞なんかはそれを応援するんですよ」

「本当か」

高沢は身を乗り出した。

「本当ですよ、駒田さんに聞いてみて下さい」

辻岡の言葉に、高沢は駒田を見た。駒田はうなずいてみせた。

溜息《ためいき》をついて高沢はシートに身を預けた。

(この国に進出したのは失敗だったようだ)

反日感情が強い国だとは聞いていた。しかし、これほどとは思わなかった。いくら感情のもつれがあっても、ルールの確立している国なら何とかなる。しかし、そういうルールまで感情で踏みつけられてはどうしようもない。確かに日本は、韓国を三十六年間支配した、多くの韓国人を虐殺し、あるいは奴隷のように酷使した、それは事実である。

しかし、それとこれとは別問題じゃないか、と高沢は思う。

なぜなら、高沢は直接の加害者ではない。高沢は昭和五年(一九三〇)生まれである、終戦時は十五歳だった。戦争には行っていない。むしろ自分は軍国主義体制の被害者だと思っている。

そのうえ相手の林は、戦後の生まれである。一九五〇年生まれのはずだ。韓国が独立して以後の生まれである、日帝三十六年の被害は受けていないはずだ。

それに、そのことを最初から言い立てるならともかく、散々ドロボウまがいのことをしておいてから、初めて言い出すのは卑怯《ひきょう》だとすら思う。お互いビジネスをやるという合意のもとに始めたことに、そういうことを言い出すのはルール違反だ。

フィリピンでも中国でも、高沢は日本軍国主義の爪跡を見てきた。親しくしていたバイヤーの両親が、戦時中日本兵に虐殺されたと聞かされ、思わず謝罪したこともある。しかし、だから、金を出せ、とか、不利な条件を呑めといってきた相手は一人もいなかった。いや、中国ではそれに類することを少し言われたこともある。いわゆる「ギフト・プライス」である。だが、それにしたって契約のうちである。少なくとも犯罪行為ではない。

こんな無法な、無茶苦茶な行動に出たのは、いままでに韓国人の林ひとりである。

(あの、日本人に両親を殺されたミゲルですら、私を殴るどころか、不法な言いがかりをつけてきたことすらない)

そう思うと、高沢はますます怒りが込み上げてきた。

「――韓国人とは、まともな商売はできんな」

高沢の言葉に、辻岡はわが意を得たとばかりに、

「そうですよ、社長。一刻も早くこんな国とはおさらばしましょう」

もともと辻岡は韓国進出に反対だった。若いのに珍しく、韓国人に対して差別的な発言を繰り返す。高沢は何度かたしなめたことがあるが、きょうはまったくそういう気にはなれなかった。

「社長、林がライフルをかまえてます」

助手席の佐藤が悲鳴を上げた。

ぎょっとして高沢たちは後ろを見た。

十メートルの距離にせまった車の後部座席の窓から、林が身を乗り出しライフルをこちらに向けている。

「射ちゃせんだろうな」

「脅しですよ」

駒田の声は心なしか震えていた。

その林はライフルの安全装置をはずし、引き金に指をかけていた。

射撃には自信がある、海兵隊で狙撃手《そげきしゅ》だったのだ。

最初から射つつもりだった。ただしタイヤをである。

タイヤをパンクさせれば、車は止めざるを得ない。

そこで高沢を捕えてさらに身代金を取る。

林にとっては死活問題であった。

新たに顧客になるはずだった数十社から訴えられている。このままでは裁判に負けることは火を見るより明らかである。そうなったら林の会社は、多額の負債を抱えたうえ倒産する。林の一家も従業員の家族も皆路頭に迷う。

そうならないためには、高沢から金を巻き上げるしかないのだ。

多少の後ろめたさはある。

しかし――、

(奴等、日本人のために、わが民族はどんなに辛酸をなめて来たか、それを思えば一億や二億の金、どうってことあるまい)

命まで取るつもりはない。金でいい。日本円にして一億もあれば、林の会社はつぶれずに済む、それに一億ぐらいの金を巻き上げたところで高沢の会社がつぶれるはずもないのである。

(返してもらうぜ、日帝三十六年のツケをな)

三十六年だけではなかった。

朝鮮戦争の恨みもある。

日帝三十六年のために、祖国は南北に分断されてしまった。林の家はあの戦争が起こるまでは、地方の裕福な農家だった。それが戦争ですべてを失い、極端な貧乏の中から、すべてを始めなければならなかったのである。林はそのため大学にも行けなかった。本当ならば陸軍士官学校か一流大学の法学部に行き、軍人か官僚になりたかった。

だが、貧乏のため、好きでもない町工場に勤めて賤《いや》しい技術者の道を歩むしか方法がなかった。小学校の同級生で、林よりはるかに成績が悪かった男が、いまは陸士を卒業して堂々の大佐殿だ。あいつが大佐になれるなら、おれはすぐ将官になれる。それどころか大将も夢でない。将軍になれるなら、朴正熙《パクチョンヒ》や全斗煥《チョンドファン》のように大統領になれるかもしれない——その可能性を日本人《チョッパリ》(*)野郎は消してしまったんだ。

[*日本人がゾウリやゲタの類を履くことから、ヒヅメのある獣にたとえた蔑称]

林は銃口を前を疾走する車のタイヤに向けた。

海兵隊では抜群の成績だった。上官から兵役期間が終わっても、隊に残らないかと勧められた。

だが、残ってどうなる。士官学校を出ていない人間がいくら頑張っても、絶対に高級軍人にはなれない。世が世ならば将官か大統領かというこのおれが、一狙撃兵として地べたを這い回るような真似ができるものか。

林は狙いを定めた。

「社長、だいじょうぶですか」

部下の黄が言った。

「なんだ、おれの腕を疑うのか、おれは海兵隊で何度も賞をもらってるんだぞ」

「わかってますよ。そうじゃなくて、死んじまわないかと思って」

「奴等だってバカじゃないさ」

パンクしても、車をうまく停止させることぐらいできるだろう。仮にできなくても、どうってことはない。

「日本人だけだな」

念のために林は確認した。

黄はうなずいた。

「ええ、あの車には同胞は乗ってません」

「よし」

林はさらに、高沢の車の前と自分の車の後ろを、確認した。高速道路で車が止まれば、場合によっては大事故になる。

前後とも、車は空いていた。いつも混む高速としては珍しいことだ。だからこそチャンスでもあった。

（食らえ！）

林は引き金を引いた。

弾丸は見事に前走車の後輪に命中した。

タイヤは一瞬にしてボロ布のようにズタズタになった。

運転していた辻岡はあわてた。

まさか射ってくるとは思わなかったのだ。

そこで、つい我を忘れてブレーキを思い切り踏み込んでしまった。

韓国の高速道路には中央分離帯がない。ただ、それとわかるように道路上にペイントされているだけである。

車は激しくスピンし、ブーメランのように回転して対向車線に突っ込んだ。ちょうどそこにソウル—大田《テジョン》間を結ぶ高速バスが走行していた。

林からは小さく見えたバスも、双方が高速で接近していたため、わずかの間にその距離は縮まっていたのだ。

悲鳴が上がった。

それから先は、ほんの数瞬の出来事だった。

横腹に体当たりされた形になった高速バスは、そのショックで反対側の車線に突っ込んだ。

そこには、林たちの車がいる。車は吹っ飛ばされて道路の下に落ち炎上した。

高速バスも二度の衝突のショックで燃え上った。乗客たちが悲鳴を上げて脱出しようとしたところで爆発が起こった。

むろん高沢の車は完全にぺしゃんこになり、燃えている。

大惨事であった。

「目覚めるのだ、わが子等《こら》よ」

高沢はまず、寒いと思った。

次に青白い光がまぶたを通じて感じられた。

その声の意味が脳の中で認識されたのは、それからあとのことである。

（ここは、どこだ？）

高沢は地面に倒れていた。

「目覚めるのだ」

再び声が聞こえた。

神々《こうごう》しい、まるで妙《たえ》なる音楽のような響きを持つ、それでいて威厳のある太い声だった。

高沢はよろよろと立ち上がった。

不思議な空間だった。

見渡す限り、山も河も建物もない。

太陽も月も星もない。

ただ青白い光に彩られた空が、どこまでも広がっているばかりである。

大地も奇妙だった。

つるつるとしていて、まるで体育館の床のようだ。それでいて薄い靄《もや》のようなもので覆われていて、よく見えない。

気が付くと、そこにいるのは高沢だけではなかった。

何十人もの人間が倒れている。

男もいれば女もいる。老人もいれば若いのもいるようだった。

次々と人々は立ち上がっていた。

隣りの背広姿の男も立った。

その顔を見て、高沢は悲鳴を上げた。

林だ。林は高沢に気が付くと、野獣のような叫びを上げて躍りかかった。

「よさんか」

突然、怒号と共に一条の稲妻が、林を直撃した。林はもんどりうって倒れ、苦痛のうめき声を上げた。

「いい加減にせんか、おまえの欲のために大勢の人間が巻き添えを食ったのだぞ」

声は天から聞こえた。

「あなたはどなたです?」

高沢は天に向って叫んだ。

「わしは神だ。すべてをつかさどる造化《ぞうか》の神である」

「神――」

高沢の頭に記憶がよみがえってきた。

林の狙撃、車の回転、そして激突。

(すると、私は死んだのか。すると、ここは死後の世界?)

高沢はまさかと思って、自分の手を見た。

手はちゃんとある、足もある。

しかし、何となく全身がカゲロウのようで、自分の肉体という感じがしない。

「神様、ここは天国ですか?」

「違う」

高沢の問いに、神は即答した。

高沢は戦慄した。

天国でないとすれば、地獄ということになるではないか。

「地獄でもない」

聞きもしないのに、神は先回りして答えた。

「では、どこでしょう」

「お前たちを糾明する場だ」

その答えに、高沢はほっとした。

糾明というからには、悪を懲《こ》らしめることに違いない。

(私は何も悪いことはしていない)

うめき声が聞こえた。

見ると、林が首筋を押さえて、かがみ込んでいた。

高沢は怒りが込み上げてきた。

自分たちがこんな目に遭ったのも、すべてこの男のせいではないか。

「この男を罰して下さい」

高沢は空に向って叫んだ。

「――この男は悪人です。すべて悪いのはこの男なんです。私はこの男に親切にしてやったのに、この男は私を裏切った挙句、殺そうとした、いや、その、殺したんです。しかも、大勢の罪のない人々を巻き添えにしました。この男こそ地獄へ落ちるべきです」

「うるせえな、黙れ、この日本人野郎《チヨツパリ》」

林は首筋を右手で押さえたまま立ち上がった。

「そりゃ、関係のない人間を巻き込んだのは悪かった。だが、もとはと言えば、おまえらがわが民族を三十六年間支配し、圧政の限りを尽くしたことが、すべての原因じゃねえか。悪いのは、おまえら日本人だよ」

「な、なんだと」

高沢は怒りのあまり声が震えた。

「――なんて奴だ。犯罪者のくせに、人殺しのくせに、自分の罪を反省するどころか、自分の生まれる前のことを持ち出して、言い訳するとは。一体、おまえたちには正義があるのか？恥という感覚はないのか」

「それは聞き捨てならないな」

別の声がした。

少し離れたところにいる男だった。

その男は背が高く少し猫背で、色は浅黒く猛禽《もうさん》類のような目付きをしていた。

男は三十代後半だろうか、すたすたと歩いて来て、高沢をにらみつけた。

「わが民族に正義がないとはどういうことだ。恥を知らないとはどういうことだ」

高沢も普通の心理状態だったら、謝っていただろう。しかし、そうするには、あまりに腹を立て過ぎていた。

「言った通りだ。正義がないから、正義がないと言った。あんたは、こんな悪党の肩を持つのか」

「肩を持つわけではない。しかし、その侮辱的言辞は許せないな、取り消してもらおう」

男は高圧的に言った。

「冗談じゃない。犯罪者がまず自分の非を認めるのが先だろう」

そう言う高沢に対し、林は味方の出現に力を得たのか、

「悪いのはおまえらだよ。日帝三十六年がすべての原因なんだ。おまえらの国の文化も政治も、

全部おれたちが教えてやったものだ。その恩も忘れて一人前のことを言うな」

「何を言う、この恥知らずが。文化とはな、正義だ、法律だ。文化のないのはおまえらの方じゃないか」

高沢が言い返すと、若い男の方が反論した。

「文化がないだと？　われわれは世界一の文化を持った民族だ。おまえたちこそ、独自の文化など、どこにもないじゃないか」

「それこそ聞き捨てならないな」

高沢の後ろから、その男と同じくらいの体格好の男が進み出た。

「――あんた、朴《パク》景水だろう」

「ほう、おれの名を知ってるのか」

「韓国詩界の若手ナンバーワン、風刺詩『死六臣』で有名な朴先生だな」

男は嘲けるような口調で言った。

「あんたは？」

朴は言った。

「和田夏彦という、あんたと同業さ。もっとも、おれは小説中心だが」

「小説家か」

朴は馬鹿にしたように和田を眺めて、

「おれはそんな下らんものは書かん。詩は真実を語る最も高級な芸術だ」

「高級な芸術か、真実か――あんたの詩は認めてやってもいいが、どうして言論の場では嘘やデタラメばかりを言う?」

「なんだと、おれがいつデタラメを言った」

「言ったじゃないか、日本には文化がないとか、韓国の文化は世界一だとか」

「真実だから、言ったまでだ」

朴が言い切ると和田はあきれたように、

「本気で信じてるのか、そんなことを?」

「あたり前だ」

「へーえ、こりゃ意外だったな。おれは、あんたが日本に反感を持つあまり、わざと極端なことを言ってるのかと思ったら、そうじゃないのか、本気で信じてるんだな」

「そうだ、あたり前だろう、真実なんだから」

朴は、まるで宣誓を済ませた後の証人のように、堂々と確信をもって言い放った。

和田はさらにあきれて、朴の顔をまじまじと見つめた。

「――あの、この男、何者ですか」

高沢が和田にたずねた。

「言ったでしょう、朴景水という愛国詩人ですよ。おそらく韓国の詩人の中で、最も有名なうちの一人です。詩はぼくも愛読してますがね、困ったことに彼は、こと日本に関してはデタラメや中傷を繰り返すんですよ。ぼくは正直言って、彼の言動が日韓友好の最大の障害だと思ってます」

「言っておくが、おれは韓日が友好的であれと思ったことなど一度もないからな」

朴は指を突き出して吠えるように言った。

「それはあんたの自由だ」

と、和田はまず言って、

「あんたがどんなに日本を嫌おうと、それはあんたの自由だし、無理に好きになれと言うつもりもない。しかし、あんたも韓国を代表する文化人の一人なら、嘘やデタラメを言って善良な国民を惑わすようなことはするな」

「おれがいつデタラメを言った」

「そうだ、朴先生がいつデタラメを言った、この日本人野郎《チョッパリ》。日帝三十六年が幻だったとでも言うつもりか」

朴の尻馬に乗るように林が詰め寄った。

「そんなことは言ってないぞ」

和田は大きく首を振って、

「日帝三十六年が幻などと、いつ言った？　問題を混同するなよ。真実ならいくら言ってもかまわない、日本がかつて韓国を植民地支配し、圧政を敷き、多くの人間を虐殺したことは事実だ。そういう事実なら、いくら言ってもかまわない。それは仕方がない。本当のことなんだからな。だが、いくら日本民族が過去に罪を犯したからといって、いまのあんたたちが日本について嘘やデタラメを言っていい、ということにはならないだろう。自分が日本を嫌いだからといって、嘘を言って中傷していい権利はないぞ」

「だから、おれはデタラメなど言っていない。おれの言っているのは常に真実だ――少なくとも、おまえの国や民族についてはな」

「じゃ、聞こう。あんたは確か去年の正月、新聞のインタビュー記事で、こんなことを言ってたな。日本人は奪うだけで与えることができない。それは文化がないからだ。何も与えられない日本人は世界一ケチな民族だ。せいぜい金儲けと小さなものを作る才能だけ。その証拠に、日本に仏教が伝来してかなりになるが高僧が一人も出ていない――確かにこう言ってたな」

「ああ、確かに言った」

「まちがいないな。あとで新聞記者が勝手に書いたなんて言うなよ」

「言うものか、真実だからな」

「それはデタラメだ。それがいかにデタラメであるかは、論理的に完璧《かんぺき》に証明できる」

「できるものか」

「できる、なぜなら、こちらの方が真実だからだ」

和田は、朴が再三強調する「真実」を逆手に取って言い返した。

「やれるものなら、やってみろ」

朴も言い返した。

「おう、やってやるさ――ところで、神様」

と、和田は天に向って、

「お聞きの通りです。とことんやってみたいのですが、立ち会って頂けませんか」

「よかろう、やるがよい」

天からすぐに返事があった。

「会場を作って頂けませんか。簡単なものでいいのですが」

「ちょっと待て、おれは立会人なんぞ認めてないぞ」

朴が文句を言った。

「神ならいいだろう、どちらの味方というわけでもないようだし」

「どうしてわかる？　それに、神、神というが、本当に神なのか」

「おまえさん、あまり頭の働きがよくないようだな」

「なんだと、侮辱は許さんぞ」

「真実さ。もし、神でないなら、先程から、どうしてわれわれの意思が疎通しているんだ？」

和田に言われて、初めて朴は気が付いた。

朴は日本語を話せない。

和田は韓国語を話せない。

それなのに、なぜか話は通じているのである。


目の前に法廷ができていた。

中央奥に裁判官の席があり、その前に証言台、そしてその両側に法廷代理人の席があり、その後ろには傍聴席がある。

どちらかというと、アメリカの法廷に似ていた。

「それぞれ韓国側、日本側に分かれて座りなさい」

天から声がした。

「あなたを何と呼べばいいんだ?」

向って右側の代理人席に座った朴は、姿の見えない相手に呼びかけた。

「おまえたちの祖先は、わしのことを天帝《てんてい》と呼んでいたようだな」

「へーえ、天帝様かい」

「キリスト教徒やイスラム教徒は、わしのことを造物主とも呼ぶようだな」

「姿が見えなくちゃ、やりにくくてしょうがないな。出て来てくれよ」

「わしは固有の形というものを、持っておらぬ。だが、望むならなってやろう、こういう形はどうかな」

声が終わるか終わらないうちに、裁判長席に神々しい姿の神が現われた。

それは中国の皇帝の姿だった。それも清《シン》や明《ミン》の皇帝ではなく、古代の皇帝の威儀を正した姿である。

冠からはビーズの飾りのついたスダレのようなものが、幾本も垂れ下がっている。

まさに天帝と呼ぶにふさわしい威容だった。

「おまえたちの民族からも、それぞれ代表として一人ずつ、立会人を呼んでやろう」

その声と共に、古代朝鮮の衣服をまとった初老の男が、突然闇の中から出現した。

「あなたは、どなたですか？」

朴が、がらりと口調を変えて、たずねた。

「わしか、わしは檀君《ダンクン》じゃ」

ひえーっ、と悲鳴とも歓声ともつかない叫び声が、韓国側から上がり、韓国側の席にいた老若男女のほとんどが、その場で土下座を始めた。

和田をはじめ日本人たちは目を見張った。あの朴ですら土下座している。

信じられない光景であった。

しかし、和田はふと気が付いた。

大勢の中に三人ほど土下座をしていない韓国人がいる。一人は初老の男で、あと二人は若い女性だった。

初老の男は直立して、やや伏し目にしているが、女性の方は不愉快そうに顔をそむけている。

（もしかしたらキリスト教徒かもしれない）

和田はそう思った。キリスト教には先祖崇拝はない。

「皆の者、手を上げなさい、わしはこの場では天帝をお助けする介添役に過ぎんのでな」

檀君は言ったが、平伏した人々はなかなか顔を上げようとしなかった。檀君が同じことを三度言うと、ようやく全員が顔を上げた。

その時になって、和田は同じ平伏でも、人によってかなり程度の差があることに気が付いた。ぴったりと額を床につけている者、少しだけ頭を下げている者。ぴたりとくっつけている者の方が少ない。

「檀君（＊）って誰なんです？」

［＊檀君（？—？）。朝鮮民族の始祖とされる伝説的な神人。檀君が国を開いたのはBC二三三三年十月三日とされている］

高沢は和田に小声で聞いた。

「すべての朝鮮民族の祖である人物なんです。神話では天帝の孫ということになってますよ。日本で言えば、天照皇太神《アマテラスオオミカミ》、いや、それより天孫ニニギノミコトかな」

和田も低い声で手短に説明した。

天帝は今度は日本側を見た。

「おまえたちの代表はこの者だ」

天帝の向って右に檀君がいる。その左側の空席に、また突然に笏《しゃく》を手にした貴人が出現した。

今度は日本側からどよめきが上がった。

日本人なら誰でも知っている顔だ。

なぜなら、ついこの間まで、この人物は一万円札の肖像だったからである。

「あなたは、もしや聖徳太子(**)では」

[**聖徳太子 (五七四―六二二)。用明天皇の皇子。幼少より天才の誉れ高く、内外の学問に通じ、深く仏教に帰依した]

和田は声をかけた
日本人たちは、その場に立ったまま、その人物を注視した。

「いかにも、わしは、後世そのように呼ばれておるようじゃな」

太子は天帝と檀君に一礼し、あらためて日本側に向って、

「何を争うておる。和《わ》をもって貴《とうと》しとなす(***)、争いはいかん」

［＊＊＊聖徳太子が制定した第十七条憲法の第一条］

「それはわかっていますが、今回のことは、あちらの責任です」

和田は韓国側を指さして言った。

「もともと悪いのはそっちさ」

すぐさま朴が言い返した。

「そうだ、日帝三十六年、それがすべての根源だ」

林がすぐに尻馬に乗った。

和田はうんざりして、

「もう、その『日帝三十六年』はやめてくれないかな」

「なんだ、責任逃れをするのか」

「責任逃れはそちらだろう。半世紀近く昔のことを、いちいちほじくり出して、いまの責任を逃れようとしているじゃないか。韓国では親の罪を子が背負うのか？　被害者の子は加害者の子からドロボウする権利があるのか？」

「何を、この日本人野郎《チョッパリ》」

「待ちなさい！」

厳しい声で天帝が叫んだ。

一同が雷に打たれたように静かになると、天帝は声の調子を落として、

「まず、罵言、蔑称のたぐいを口にすることはやめなさい。真実を究明するのにそれは必要ない。それから、これは提案だが、日本側はまず過去の植民地支配の罪を、韓国側に詫びなさい」

「ありがてえ、さすが、天帝様だ」

林が叫んだ。

「その代わり――」

と、天帝は再び声を荒らげて押しかぶせるように、

「韓国側は、関係のないことに『日帝三十六年』を持ち出してはならない。それでは議論にならん」

「天帝様、それは不公平です」

今度は朴が叫んだ。

「そうかな、そなたは、先程より日本に文化がない、サルマネばかりだと申しておるようだが、ある、ないの問題は『三十六年云々』とは別の問題であろう」

「――それはそうですが」

「ならば、少なくともそのことについては、『三十六年』に言及することなく、立証できるはずだ。そなたの主張が正しいならば、な」

「――――」

朴はなおも不満そうであった。

天帝はさとすように、

「なにも植民地支配の罪を帳消しにしろと申しておるのではない、関係のないことにいちいち持ち出すな、と申しておるのだ。それぐらいの道理はわかるであろう」

「わかりました」

朴は不承不承うなずいた。

天帝は今度は日本側を見て、

「では、全員立って、韓国側に詫びなさい」

その声に従って、傍聴席で座っていた全員が立ち上がった。

「おれは嫌だぜ、謝るなんて冗談じゃない」

若い男が叫んだ。

大学生風の男で、髪を長くのばしている。

「ほう、なぜかな」

聖徳太子がたずねた。

「だって、おれたちがこんな目に遭ったのは、そいつの狙撃のせいなんでしょう。だったら、まずそいつが、おれたち日本人にも、韓国人にも土下座して謝るべきじゃないか」

男は林をにらみつけて言った。

「なるほど、道理じゃの。では、その者がそうすれば、そなたは過去の罪を詫びるというのだな」

太子の言葉に、男は激しく首を振った。

「関係ないよ。だって、おれは植民地支配なんて全然知らないもの。さっき、この先生も言ってたけどさあ、半世紀も昔のことをいまさら持ち出すのは公正《フェア》じゃないよ」

太子は軽く目を閉じたあと、男をきっと見据えて、

「では、これを見なさい」

裁判官たち三人の頭上に、横長の楕円形の映像が現われた。

現代の光景である。どこかの街角のようであった。黒の学生服を着た数人が、青い学生服を

着た二人の少年を取り囲んで暴行を加えている。

そのうちカメラがズームインするように、暴行者のリーダーの顔が大写しになった。

どよめきが起こった。そのリーダーはまぎれもなく、ここにいる若い男だったからだ。

男は赤面してうつむいた。

「そなたは、ほんの数年前まで、大学入学以前は、在日韓国人の少年たちに、組織的な暴行を加えておったではないか。そなたは知らぬのか、この者たちの父母や祖父母は、無理矢理日本に連れてこられたということを」

太子は諄々《じゅんじゅん》と説いた。

「でも、あいつら生意気なんだ」

学生は言った。

「それは彼等には彼等の悲しみがあるのだ。たとえば、そなたは来春早々と一流企業に就職が決まっておるであろう。だが、そなたが打擲《ちょうちゃく》した者たちは、そなたの受験した会社に入る道は閉ざされておる」

「――――」

和田はその学生に向って、

「君は、植民地支配の時代とは無関係かもしれない。しかし、その遺産はいまでも残っているし、それをわれわれが清算するのを怠っているのも事実なんだ。その片棒を、まぎれもなく君はかついでいる。だから、ここは一つ、太子の言う通りにしようじゃないか、謝ろう」

「わかったよ」

学生はうなずいた。

和田が音頭を取った。

「それでは、皆さん、向う側を向いて頭を下げましょう——どうも、申しわけありませんでした」

「どうも申しわけありませんでした」

日本人は口々に言って、和田に倣って頭を下げた。

韓国側は、おしなべて不満のようだった。

率直に謝罪を受け容れる表情を見せたのは、直接害を受けた老人たちの方が多く、朴や林や三十代から四十代にかけての人間はむしろ不満の色を強く見せた。

「こんなことで済むと思ったら、大まちがいだぜ」

林はうそぶいた。

「その通りだな」

朴がうなずくと、檀君がたしなめた。

「もう、よさぬか。日本側は謝罪の意を示したのだ。難癖をつけるのはやめなさい」

「しかし、檀君様、こいつらの罪をこんなことで帳消しにしろとでも言うんですかい」

林が言った。

「では、どうする？　日本人一人一人を千回鞭打てば、気が済むのか。それとも、一人一人から金を取るか」

檀君は皮肉な調子で言った。

「それは――」

「忘れてはおらぬか、おまえは既に、この者たちの、かけがえのない未来を奪っておるのだぞ！」

檀君は一喝した。

林は首をすくめた。

「謝罪しなさい、日本人にも韓国人にも、平等にな」

その言葉に、林はしぶしぶ前に出た。

そして、まず同胞に向って土下座した。

「すまねえ、あんたたちを巻き添えにするつもりはなかったんだ。許してくれ」

額をすりつけて謝ったあと、今度はさも嫌そうに日本人の側を向いて立ち上がり、軽く一礼した。

その態度に日本側から一様に不満の声が上がったが、韓国側の中には四、五人、拍手する者がいた。和田が驚いて見ると、これも三、四十代が中心だった。

「なんだ、ふざけるなよ」

いままで黙っていた高沢の部下の辻岡が、気色《けしき》ばんで前に出ようとした。

和田はそれを押しとどめて、

「やめておこう。それよりも本題に入ろうじゃないか」

「でも、和田さん」

「いいから、われわれの寛大な心を彼等に示してやるんだ」

「へっ、寛大ね、ありがとよ、先生様」

「この」

「やめろ」

飛びかかろうとする辻岡を体でブロックして、和田は天帝に向って言った。

「裁判長、とお呼びしていいですか。それでは始めて下さい」

「よかろう」

と、天帝は両脇の檀君と聖徳太子を交互に見て、

「どうであろう、まず韓国側に日本側に対する不満を述べさせ、それに対して日本側に反論させるというのは」

「結構ですな」

「異議はございません」

檀君と太子が口々に答えた。

「では、そうすると致そう。韓国側はそなたが口火を切るのだな」

天帝は朴を見た。

朴は自信満々で前に出た。

それはこれから論告を始める検事のようにも見えた。

「日本には文化がない、これは誰が何と言おうと自明の理だ。有史以来、韓国は一貫して文化国家であり、日本はこの弟子であった。文字にしろ、学問にしろ、技術にしろ、美術にしろ、

すべて日本は韓国から学んだのであり、すべて韓国の模倣に過ぎない。日本人は独創性もなく、ただ真似するだけで、独自の文化など一つもないのです」

朴はまるで舞台俳優のように大見得をきった。

「このように日本は文化のすべてを我国《ウリナラ》に学んだにもかかわらず、その恩をすべて忘れ、我国《ウリナラ》を二度にわたって侵略し、祖国を分断させ――」

「待て」

天帝が手を挙げて制した。

「とりあえず、一項目ずつ片付けていこうではないか。時間はたっぷりあるのだ。まず文化の問題に限定してはどうかな」

「わかりました」

朴は今度は率直に天帝の言うことを聞いた。

時間があるというのは事実だったからだ。むしろ無限にある。

(この際、ぐうの音《ね》も出ないぐらいに、倭奴《ウエノム》(*)の奴等をたたいてやる)

[*韓国人の日本人に対する蔑称。小さくて醜い奴等という語感がある]

「つまり、わたしの言いたいのは、日本はまったくの野蛮国で、かつて我国《ウリナラ》から多大の恩恵をこうむりながら、その恩恵を忘れ、我国《ウリナラ》を侵略した忘恩の徒だということです」

朴はそう言って、判事席に座っている聖徳太子の前へ行って、芝居がかった動作でうやうやしく一礼した。

「お目にかかれて光栄です、殿下」

「うむ」

「確か、殿下の師にあたる方は、わが国から渡来した僧侶ではありませんでしたか」

「左様じゃ。高句麗《こうくり》の慧慈《ヘジャ》という御方でな。わしはあらゆる学問をこの方から学んだと申しても過言ではない」

「ありがとうございました」

と、朴は、初めて日本人の一人に頭を下げた。そして、勝ち誇ったように、

「先代の日王《イルワン》(＊＊)も、日本の国家形成期に我国《ウリナラ》の国人が果たした役割を認めている。これを見ても、日本が韓国の弟子であったことは確かなことだ。また、あらゆる学問を学んだということは独自の文化がないということだ。そして、それにもかかわらず、侵略を繰り返したということは、忘恩の徒であることにまぎれもないではないか」

［＊＊日本の天皇のこと。通常、韓国では「天皇」という言葉を使わない。ここでは昭和天皇を指す」

と、叫んだ。

天帝はうなずいて、日本側を見た。

「反論はあるかな?」

「はい」

と、和田が前に進み出た。

「まず、問題を整理します。朴氏の言いたいことは二つあります。一つは日本の文化は、すべて韓国が与えたもので、まったく独自のものはないという主張――」

「事実だ」

押しかぶせるように朴が言った。

和田はかまわずそのまま後を続けて、

「もう一つは、それを前提として、日本民族は文化的忘恩の徒であるという主張でしょう」

「それも事実だ」

また朴が言った。和田はさすがに色をなし、

「まず、人の言うことをおしまいまで聞いてから反論して頂きたいですな、朴さん。わたしはあなたの主張を最後まで聞きましたよ」

「もっともだな。――進行を妨げる発言は控えなさい」

天帝の命令に、朴はしぶしぶ引き下がった。

和田は軽く一礼して、

「ありがとうございます。まず、わたしは論議の進め方として、忘恩の徒であるということに反論したいと思います。その前に一つ、韓国側に改めて頂きたいことがあります。どうして天皇のことを『日王』と言うのですか、われわれは天皇と呼んでいます。ですから、あなたたちにもそうして頂きたい」

「発言してもよろしいですか」

朴がただちに言った。

天帝はうなずいた。

「われわれには、われわれの呼び方がある。日本人に干渉されるいわれはない」

「それは認める。しかし、外国の事物については、その国の国民が使っている呼称を第一に尊重するのが本当のはずだ」

「天だと、皇だと、冗談じゃない。まるで世界の支配者じゃないか」

「それを言うなら、日本だって、あるいは中国だって、かなり不遜な名称だよ。日《ひ》の本《もと》、あるいは世界の中心という意味なんだから。しかし、われわれはその国の人々が使っている呼称を原則として尊重している。韓国の元首だって、われわれはちゃんと『大統領』と呼んでいるよ」

「あたり前じゃないか」

「そうかな、もしあなたの考え方を適用するなら、韓国はアメリカに比べてはるかに国土も国力も小さいし、民主主義も進んでいない、そんな国の元首が『大統領』とはおかしい、『小統領』か『統領』と呼べば充分だということにもなりかねない」

「くっ――」

「もちろん、われわれはそんな失礼なことはしない。あなたたちは自分たちの元首を『大統領』と呼んでいる。これが直訳不可能な外国語だったら、別の日本語に代えるかもしれないが、幸いにも同じ漢語を元にしている。だから『大統領』と呼ぶ、だから、あなたたちにも『天皇』と呼んでもらいたい、当然の要求だろう?」

和田は、唇を嚙みしめている朴を見て、次に判事席を見た。

「わしは日本側の主張に理があると思うが、御両所はいかがかな」

天帝は檀君と太子に意見を求めた。

「わたしも左様に思います」

「わたくしも」

二人が賛成したので、天帝は、

「では、韓国側に命ずる。これからは天皇と言いなさい」

「――わかりました」

朴は不満を全身にあらわしながら、とにかくうなずいた。

「日本側は先を続けるように」

天帝はうながした。

「はい、では、ここで今度は韓国側に確認したいのですが、文化的忘恩の徒と、われわれ日本人を罵倒するからには、その前提として、日本人は韓国人に対して文化を与えてくれた恩義を感謝すべきだという考え方が根底にあると思うのですが、その点について朴氏の見解をおうかがいしたい」

和田の言葉に、天帝は朴を見て、

「どうかな?」

と、たずねた。

朴は何をいまさらとばかりに、

「当然だ。与えられた恩義に感謝するのは人として当然。それができないのは人間ではない、禽獣《きんじゅう》だ」

「一千年以上も前に与えられた恩義についても同じか？　いまも感謝しろということかな？」

「当然、あたり前のことだ。おまえたちの文化はおれたちが作ったんだからな」

朴はうそぶいた。

和田はうなずいて、

「なるほどね、あなたの主張はよくわかった。ここで他の人にも聞きたいが、あなたがた韓国人の考え方は、朴氏とまったく同じかい？　もし、違う意見の人がいたら名乗り出て欲しいんだが」

反応はなかった。

朴はにやりとして、

「どうやら期待ははずれたようだな」

和田はそれにはとりあわずに、判事席を向いて言った。

「お願いがあります。ここに証人として、ある人物を呼びたいのですが」

「誰かな」

天帝がたずねた。

「いま、話に出ました高句麗の僧、慧慈殿です」

「わが恩師をか」

聖徳太子が驚きの声を上げた。

天帝は和田に向って、

「それは真実追究のために必要なのか」

「はい、ぜひとも必要です」

「よかろう」

天帝がうなずいたかと思うと、証人席に忽然《こつぜん》と一人の老僧が出現した。

「おお、お師匠様」

太子はあわてて立ち上がろうとした。

「いや、そのまま、そのまま」

慧慈は笑みを浮かべて、

「きょうは立場が違いますからな。それにしても御立派になられ、拙僧これほどの喜びはございませぬ」

「いや、御過褒《かほう》痛み入ります。それでは、御言葉に甘えて失礼させて頂く」

太子は座り直した。

和田は、証人席に立っている慧慈に歩み寄って、

「お初にお目にかかります。きょうはぜひともおうかがいしたいことがあって、お呼びしました」

「何かな」

「あちらにいるのは、あなたの属する民族の後裔《こうえい》たちですが、彼等は、われわれ日本民族に対し、彼等の先祖が、つまりあなたも含めてのことですが、様々な学問や宗教や技芸を日本に伝えたことについて、それを恩義に感じいまでも感謝しろと言っています。このことについて、あなたはどう思われますか？」

「まこと、そのようなことを申しておるのか」

慧慈は聞き返した。

「そうです」

「心外な――」

慧慈はうめくように言った。

朴ははっとしたように慧慈を見た。

和田は勢い込んで、

「心外とおっしゃるのは、どういうことでしょうか、もう少し御説明下さい」

「仏法者というものは、法を聞きたいと申す者あれば、たとえ西海の果てでもおもむくものだ。わしは日本に招かれ、仏の教えを太子殿にお教えした。だが、わしはそれを喜んでおる。よくぞ招いて下された、よくぞ仏法をお求め下された。わしはそう感謝こそすれ、日本に何かを与えてやったなどと思うたことは一度もない。拙僧ですら、そう思うたことがないのに、拙僧と同じ血を引く者だからといって、恩に着せるとは、いやはや世も末じゃのう」

慧慈は嘆いた。

「つまり、こういうことですか、あなたがた仏教僧の行為は、無私の伝道行為であり、もともと報恩を求めない性質のものだ。それを、ただ同じ民族に属するというだけで、感謝しろというのは、たとえばある中国人が、同じ中国人というだけで、縁もゆかりもない他人の貸金証文を手に入れて、その相手に借金を返せと要求するようなものだということですね」

「まあ、そういうことになるじゃろうな。それにしても、この者たちは、本当に同じ血を引く者なのか――そなたはどこの出身じゃ」

慧慈は一番近くにいた朴にたずねた。

「慶尚北道《キヨンサンブクド》です」

朴は答えた。

「慶尚？」

慧慈が首をひねったので、和田は何気なく、

「昔で言えば新羅《しらぎ》にあたります」

と、言った。

その途端、慧慈の顔色が変わった。

「新羅だと！　新羅の者が、どうしてわしのやったことを、自分のことのように語るのだ。わしは新羅なんぞ大嫌いだ。新羅は常にわが民族の裏切者であったではないか、常に隋《ずい》や唐《とう》と結び、我等を滅ぼさんとした――」

「いや、それは違います。あの時は、ああしなければ民族全体が滅びたのですから」

朴があわてて弁解した。

慧慈の持ち出したのは、新羅による朝鮮半島統一のことだった。七世紀、朝鮮民族は高句

麗・百済《くだら》・新羅の三国に分かれていた。この分立状態は、結局三国の一つ新羅が唐（中国）と同盟して他の二国を滅ぼすという形で解消される。滅ぼされた二国から見れば、新羅は外国勢力と通謀した民族の裏切者に見えただろう。

「何を言う、盗人たけだけしいとは――」

「お師匠様」

太子が割って入った。

「――いまの御発言は、仏法者としていささか穏当を欠くと存じますが」

慧慈ははっと我に返り、

「そうじゃった。いやいや、これはいかん。仏法の前に、高句麗も新羅もなかった。許して下されよ。わしの親類・縁者には、新羅との戦《いくさ》で倒れた者が多くおってのう、いや、俗界の縁は出家の際捨てたはずじゃった。許して下されい」

「いや、許すなどとは、とんでもない」

朴はかろうじて言った。

「何か、証人に聞きたいことがあれば聞きなさい」

天帝が朴に言った。

「いえ、ありません」

「そうか、では、証人は帰ってよろしい」

慧慈は立ち上がって一礼した。

顔をあげると同時に、その姿は消えた。

「何か、反論があるか」

天帝は朴の方を見た。

朴は気を取り直したように、

「ただいまの証人の主張は極めて特殊な例です。確かに仏教においては、伝道者は無私であるかもしれませんが、われわれが伝えたのは仏教だけではありません。医学・薬学・暦《こよみ》・天文・地理、それから絵画・彫刻・造園・冶金《やきん》等、数えれば切りがありません」

「だから、仏教はともかく、感謝すべきだと言うのかい?」

和田が言った。

「そうだ」

朴はきっぱりと答えた。

「じゃ、そういう人たちを呼んでみようじゃないか。裁判長、七世紀に日本に渡来した百済人余自信《よじしん》(*)氏を呼んで下さい」

[*百済の王族。六六三年、百済の滅亡の際、日本に亡命した]

「よかろう」

証人席に余自信が現われた。

古代の王族の服装をしている。

「あなたにお聞きします。日本に行かれたきっかけは?」

「わが祖国百済が、裏切者新羅と唐の連合軍に滅ぼされたことじゃ。わしも友邦日本の応援を得て力の限り戦ったが、残念ながら敗れた。そこで日本の招きに応じて亡命したということだな」

「それから、日本の朝廷に仕えて、日本国の基礎造りに色々と貢献された——」

「うむ、いささか貢献できたと、自負しておるよ」

「では、ここで一つうかがいますが、あなたは日本に対して、恩義を与えたと思いますか、それとも恩義を与えられたと思いますか」

「それは、当然、与えられた方だな」

余は即答した。

「日本の方から？」

「そうじゃ。日本は、わが国に援兵を出してくれた、しかも何の代償も求めずに、だ。健闘むなしく我等は敗れたが、その我等を日本は温かく迎え入れてくれ、住居を与え官職を与え暮らしが立つようにしてくれた。それに比べれば、わしのしたことなど、ささやかな恩返しに過ぎぬ」

「それは、あなただけでなく、亡命百済人の共通の心情でしょうか」

「そうであろうな。我等は亡国の民じゃ。それを迎え取ってくれる国があれば、感謝してその国のために働くのは当然のことではないかな」

和田はそこで皮肉な笑いを浮かべ、

「しかし、ここにいる新羅人の子孫朴氏は、あなたたちの貢献について、恩恵を与えたのだから感謝すべきだと言うのですが――」

「新羅じゃと」

余は露骨に不快な表情を見せた。

「――なぜ、新羅の者がそのようなことを言う。わしは日本に恩義を与えたとは露も思っておらんのに、そのことを言いたてて感謝を要求するとは。しかも、新羅の者が」

「裁判長、この証人選びは不公平です」

と、朴が抗議した。

「ほう、なぜか?」

天帝が言った。

「日本側は、わたしが旧新羅領出身なのに目をつけ、新羅に反感を持つ人間ばかりを呼んでいます。このような偏見を持つ人間ばかりを呼んだのでは、真実は明らかにされません」

「いや、それは違う。韓国側は、日本への文化伝達がまるで韓国側の一方的なボランティア活動のように言い、感謝すべきだという主張をするので、わたしはそうではない、決して伝える側の無料奉仕ではないと主張しているのだ」

「しかし、高句麗や百済ばかりじゃないか」

朴は言い返した。

和田は笑って、

「それなら、新羅系の帰化人を誰か指名すればいい、誰でもいいよ。ぼくが指名すると、また文句を言われるかもしれないから、今度はあなたの方から指名したらいい。さあ、どうぞ、遠慮はいらないよ」

そう言われて朴は絶句した。

日本に帰化した古代新羅人と言われても、咄嗟《とつさ》に思い浮かばない。帰化人の名は幾人か知っているが、よほど有名な人でなければ出身地まではわからない。すべて朝鮮民族として一括して記憶しているからだ。

「わからないのか？」

「――――」

「じゃ、檀君に指名してもらうというのはどうだろう、あくまで公平を期すために」

檀君が後を引き取って、

「いいだろう。天日槍《あめのひぼこ》（＊）がよかろう」

［＊日本に帰化した新羅の王子という伝説がある］

その声と共に、若々しい背の高い王子が証人台に現われ、代わって余が消えた。

和田は天日槍に同じ質問をした。

天日槍はこう答えた。

「わたしが日本へ行ったのは、日本側の招きもあるが、何よりも新天地で自分の力を試してみたいと思ったからだ。それを日本は快く受け入れてくれたし、土地も与えてくれた。もちろん、その荒地を開墾し豊かな穣《みの》りを与え、様々な技術を日本に伝えたのは、わしとわしの一族の功績かもしれぬ。しかし、だから、日本がわしの一族に恩返しするべきだと考えたことは一度もない。領地やその他褒賞は存分にもらっておるしな」

「つまり、その時点で決済は済んでいる。それを後世の人間がとやかく言うのはおかしいということですな？」

和田が確認した。

天日槍は大きくうなずいた。

「他の方々はどうでしょう？　日本に色々な事物をもたらした方々は？」

「同じではないかな」

「同じと申しますと？」

「我等が、後れた日本へ行ったのは、それなりの目的があってのことだ。何かを伝えて金を得ようとする者、故国ではうだつが上がらぬので一旗上げようとする者、あるいは純粋に伝道を志す者もおろう。いずれにせよ、与える一方ではない」

「必ず、それなりの代価を得ている？」

「当然じゃな。人と人との付き合い、国と国との付き合いとはまさにそういうものではないかな」

「ありがとうございました」

和田は嬉しそうに一礼をした。

「韓国側は何か質問があるか？」

天帝が言った。

朴は苦々しい顔で首を振った。

天日槍はそちらをちらりと見て、

「そなたは何か日本の文化に貢献したのか？」

とたずねた。

思いがけない質問に、朴はびっくりして、

「いえ何もしておりません」

「ならば、どうして日本に恩義を与えたなどと申すのだ？　そなたの父祖にそのような者がおるのか？」

「いえ、いません」

天日槍は眉をひそめて、

「仮に父祖にそのような者がおったとしても、その功はあくまで父祖の功である。それを何のゆかりもない者が持ち出すのは、どうかな？　わしは同じ民族として、そのようなことはしてもらいたくない」

そう言って天日槍は天帝に一礼した。

「これにて失礼させて頂きます」

「うむ、御苦労であった」

天日槍の姿は消えた。

朴は相変わらず苦虫を嚙みつぶしたような顔をしている。和田は一歩前に出て、

「ここで韓国側にあらためて問いたい。以上のような証言を聞いても、まだ、一千年以上前の『恩義』について、いまのあなたたちに感謝しろ、と言うのですか」

「あたり前だ。与えられた恩義に感謝しないのは、禽獣と同じだ」

「それは相手が日本人だから言ってるのか」

「いや、普遍的な真理だ」

「本当に、そう思うのか？」

「くどいな」

「じゃ、言おう、君たち韓国人も禽獣と同じだな」

「なんだと、もう一度言ってみろ」

「何度でも言う。あんたの論理を適用すればそうなる」

「デタラメを言うと、許さんぞ」

「デタラメじゃない。たとえば、君たちは二言目には、技術や宗教や文化を日本に伝えたと言う、それはその通りだ。しかし、その中に君たちのオリジナルはどれだけある？　仏教にしても儒教にしても、あるいは生産技術や文字にしても、ほとんど外国、それも中国から伝えられたものだろう。じゃあ、君たちは中国人に恩義を感じているのか？」

「う――」

朴は絶句した。

「中国人がいまここにやってきて、君たちの文化はほとんどわれわれが伝えたものだ。だから、君たちはいまのわれわれに感謝すべきであって、感謝しないのは忘恩の徒だとののしられたら、はい、そうでございますと頭を下げるのか」

「日本に伝えたものは、われわれが咀嚼《そしゃく》したものだ、だから――」

「オリジナリティがあるというのか？　しかし、おおもとはやはり外国だぜ、孔子も釈迦も韓

国人じゃない。君たちは中国人に感謝してるのかい、たとえば何かにつけあいさつしていると
か？」

「いまの中国は共産化している」

うめくように朴は言った。

「共産化していようとしていまいと、恩義には関係ないだろう。それに大陸の政府を正統と認めないにしても、台湾があるじゃないか。感謝するために毎年何かしてるのかい？」

「――――」

「それから、ギリシア人にだって感謝しなくちゃいけないだろう」

「どうして、ギリシアなんかに」

朴は叫んだ。

「なんか、とは恐れ入ったな。もう忘れたのかい、一九八八年のオリンピック、君たちの国家が世界の一流国の名乗りを上げることのできた大切な大会じゃないか。そのオリンピックをそもそも考え出してくれたのは、古代ギリシア人だぜ。もし、あんたが日本人に要求している『恩を忘れるな』という考え方が正しいなら、韓国人もギリシア人の恩を忘れちゃいけないはずだ。なにもオリンピックだけじゃないぜ、ビルを作るのにも橋をつくるのにも、われわれは

ギリシアの数学を使っている。コンピュータを使っている時はイギリスの言語を使っている。ヨーロッパの科学にはあらゆる分野でお世話になっている。あんたの考え方からすれば、こういう国の国民に対しても、恩義を感じ常に感謝すべしということになる。韓国人はこれらの国を訪れた時、ちゃんとあいさつしているのかい？」

「だが、ヨーロッパ列強は、われわれアジアを侵略した、だから功と罪は帳消しだ」

「今度は『われわれアジア』かい？　ずいぶん勝手な考え方だな。いまは、韓国に限定して話をしようよ。韓国を侵略しようとしたのは、日本とロシア、それにせいぜい英米ぐらいだよ。たとえばギリシアはまったく関係ない。これも君たちの考え方で言えば、オリンピックや数学など文化的恩恵を与えるだけ与えて、害は一切与えなかった国ということになる。じゃ君たちはいまのギリシア人に『恩義を感じろ』と言われたら、素直に感じ、いつもそれを意識して行動しているのかな」

朴が顔を真っ赤にして答えなかったので、和田は傍聴席の前列にいた若い女性に聞いた。

「あなたはどうです？」

「そうねえ、正直言って、考えてみたこともないわ、ギリシア人に対する恩なんて。だいたい遠い海の向こうだし」

「日本から見れば、韓国だって海の向こうですよ」

和田は苦笑して、朴の方を見て、

「もし彼の言う通り、日本人がいまの韓国人に対して、一千年前の恩を感じるべきなら、韓国人もギリシア人やすべてのヨーロッパ人、中国人に対して、恩を感じるべきだということになりますよ」

「ええ、なるわね」

「でも、していないでしょう？　そんなことは」

「してないわ」

「だったら、彼が日本人にだけ、それを要求するのは不公平だと思うのですが、どうでしょうか」

「そう思います」

女性はきっぱりと答えた。

朴は憎悪の視線を浴びせて、

「おまえは日本人なんかの味方をするのか」

と、怒鳴りつけた。

「そうじゃないわ、わたしはこの人の言うことの方が理があると思ったから、そう言っただけ、嘘はつけないわ」

女性も負けずにやり返した。

「ありがとう、あなたのお名前は」

和田は聞いた。

「鄭成愛《チヨンソンユ》。でも、わたしも日本人は決して好きではないのよ」

「いいですよ。再三言っているように、無理に好きになってもらおうとは思ってません。それに日本人に罪はないとも言ってません――ただ、嘘やデタラメを言って欲しくないだけです、誰かさんのようにね」

「日本に文化がないのは事実だ」

朴が叫んだ。

和田は日本側の席に戻って、

「その前に文化的忘恩の罪について裁いてもらおうじゃないか。韓国人が日本人を『忘恩の徒』とののしるのは不公平でないのかどうか――どうです、裁判長」

天帝はうなずいて言った。

「わしは日本側の言い分に理を認める」

「いや、それでも恩義は恩義、やはり忘れてはなりませぬな」

そう言ったのは聖徳太子だった。

朴がちょっと意外な顔で、太子を見た。

太子は檀君に向って、

「どうもわが一族は昔から『水に流す』という悪習がございましてな。恩義をすぐに忘れてしまう。これはやはりわが民族の極めていけないところであると思いまする」

「いやいや、殿下。それは悪癖であると同時に美徳でもあるのではございませんか。貴国の方々は確かに恩もお忘れになるかもしれぬが、恨みもすぐにお忘れになる。わしは日本人ほど他人の罪を許すのに寛大な民族を知りませぬ。これはやはり『水に流す』ということがあるからでございましょう。それに引き換え、我子等は、五百年も千年も前の恨みをいつまでも忘れぬ。いやはや困った悪癖の持ち主で」

「いや、それは御謙遜でございましょう。貴国の方々が昔を忘れぬのは、御先祖を大切になさるからでございましょう。系図がしっかりしておられるから、御先祖のこともよくわかる。わが民族はろくろく系図も持たず、三代前の父祖の名すら知らぬ者がほとんどでございます」

太子は笏を持ったまま朗々としゃべった。

檀君は笑って、

「いやいや、その系図、族譜《チョッポ》(*)があるというのも良し悪しだな。中には五百年前の父祖が貴国の方に家を焼かれた、だからわが家は没落したなどと申す者がおるのじゃ。わしなど、そういう連中を見るとな、この不埒者《ふらち》、五百年の間なにをしておったのじゃ、と言いたくなる」

[*韓国人の家系図のこと。日本のものとは比べものにならないほど綿密]

「それは酷に過ぎましょう。確かにそのようなことはございました。一概に責めるのはいかがかと存じますが」

「もう、よかろう」

天帝が声をかけた。

「この件に関しては、韓国側に申し渡す。日本側に対して、文化を与えたという恩義を言い立ててはならない。理由は述べずともよいな。ただ、韓国側が、文化を与えられた国々にすべて恩を感じ報恩の行為をするというなら、話は別であるぞ。要は、日本だけに恩を感ぜよと強要してはならぬということじゃ。わかったか」

「わかりました」

朴は口惜しそうにうなずいた。

天帝はそれにかまわず、

「では次に参るがよい。日本に文化はないという話じゃったか」

「待ってました」

ずっと沈黙していた林が、嬉しそうに前に出た。

「こいつら、日本人野郎《チョッパリ》に――」

「これこれ、蔑称を使ってはならぬと申したぞ」

天帝は厳しくたしなめた。

「あ、すんません」

林はぺこりと頭を下げると、

「日本の文化は全部、我国《ウリナラ》のサルマネだということは、子供でも知っています。わしは小さい頃、おじいちゃんに聞きました。こいつらは昔、着物を知らずに裸で走り回ってたんでさあ。ところがその中の頭《かしら》が我国《ウリナラ》にやってきて、着物の作り方を教えてくれと頭を下げて頼んで来たんで、御先祖たちは、こんな野蛮人なら喪服がちょうどよかろうと、喪服の作り方を教えてやった。ところが、それも頭が悪くて覚えられない。何度も教えてやって、ようやくできたのが、われわれのものとは似ても似つかない不細工なキモノというやつで――」

　得々としてしゃべる林に、和田は苦笑して、

「その話の続きはこうだろう。次に、日本人は冠《かんむり》の作り方を教えてくれと頭を下げてきた。今度もあんたたちの祖先は野蛮人にはこの程度で充分だろうと、自分の履いていた足袋《たび》を脱いで、ぽんと投げ与えた。日本人はそれを有難く拾って持ち帰り冠にした。だから、日本の冠は変な風に折れ曲がっているんだと」

「そうだ」

　と、朴は肩をそびやかした。

　和田は苦笑を禁じ得なかった。

　高沢がそっと耳元で、

「本当にあんなこと信じてるんですか」

「信じてるんでしょうね。日本の植民地支配がひどすぎたんで、その反撥からでしょうが、それにしても、デタラメはデタラメですからね。それだけははっきりしておかないと」

　和田は小声で答えたが、林は耳ざとく聞きつけると、

「何が、デタラメだ」

と、怒鳴った。

和田は別に表情も変えずに、

「ねえ、あんたがこんな事件を引き起こしたのは金がなくて困っていたからだろう」

「それがどうした。おまえが金を出してやるとでも言うのか」

「出してもいいよ」

「十億ウォンだぞ、おまえにそんな金があるのか」

林は小馬鹿にしたように言った。

「東京の家を叩き売れば、それぐらいの金はすぐできる。最近、都心部の地価高騰は無茶苦茶でね――まあ、それはいい。十億ウォン出してもいいが、それには一つ条件がある。ちょっとしたことを、あんたにやってもらいたいんだ。なに、簡単なことさ」

和田は片足を上げてバランスを取りながら、上げた方の足の靴をはずし、靴下を脱いだ。そして、鼻の先にかざした。

「臭いな」

そうつぶやくと、和田はそれを林の目の前にぽんと投げ捨てた。

「それを頭にかぶってくれないかな。そうしたら、約束しよう。十億ウォンを渡そう」

林は激しい怒りに顔を真っ赤にした。

「何を言うか、この日本人野郎《チョッパリ》」

「やめなさい、蔑称は」

天帝は注意したが、林は怒りがおさまらず、

「言わせて下さい。靴下をかぶれですって、たとえ殺されてもそんなことはするもんですか。侮辱するのもいい加減にしやがれ」

「十億ウォンが手に入れば文句あるまい。ちょっと恥をかけばいいだけのことだ」

和田は挑発するように言い、朴の方をちらりと見た。朴は和田の意図に気付いた。

「そんなことができるか」

「どうして、できない？」

「できるか、こんな汚ないものを頭の上にのっけろだと。少しでも恥を知る人間なら、そんなことができるはずがない」

朴は叫ぶように言った。

和田はそれとは対照的におだやかに、

「ならば、どうして、日本人がそんなことをしたと言うんだ？　少しでも恥を知る人間なら絶

対にしないことを、しかも金ももらってないのに」

「う――」

林も絶句した。

和田は韓国側を見て、

「わかるでしょう、少しでも恥を知る人間なら人が足に履いていたものを、頭にかぶるはずがない。それなのに、あなたたちはわれわれの先祖がそうしたと言う。これは、日本人はそんな恥知らずの民族だと、不当に貶めるためのデタラメだとは思いませんか？」

救いを求めるように林は朴を見た。

しかし、朴は残念そうに首を振った。

「どうやらわかっていただけたようですね。この話は日本の野蛮な行為に対する報復のために作られたんでしょう。だから、ぼくはこの話を作ったこと自体で、韓国側を責めようとは思いません。ただ、もう語り継ぐことはやめて頂きたい。こんな話、デタラメを語り続けたところで、百害あって一利ないと思いますから」

「まさにその通りじゃな」

檀君が言った。

朴は矛先を変えた。

「じゃ、キモノのことはどうなるんだ。それからまだあるぞ。日本人は食器を手に持って食う、これは野蛮じゃないか。それから同姓でも結婚する。イトコ同士の結婚なんて野蛮の極致だ。これは人間じゃない、禽獣以下だ」

「それは一口に言えば習慣の違いだな」

和田は事もなげに言った。

「習慣？」

「そう、どの国の文化にも個性というものがある。あんたたちは、日本に文化はないと主張している。だから勝手に自分たちだけのモノサシを、われわれの文化に当てて善悪を判断しているんだ。しかし、それはあんたたちの身勝手というもんだよ。たとえば、確かにわれわれは食器を手に持つ。それはわれわれの文化の個性なんだよ。食器を手に持つな、というのはあんたたちの文化のルールであって、世界共通のものではない。世界には、他に、食器を持って食事をする民族はいくつかある。そういう民族を全部非難して、その中に日本も入っているなら筋は通るが、そうではなく日本だけを非難するというのは不公平もいいところだ」

「――それなら、キモノのことはどうなんだ」

「海をへだててはいるが、隣りの国同士なんだ、服装が似ているのはあたり前だろう。しかし気候は違う。日本の方が暑いし湿気も多い、これは統計でも証明できるまったくの事実だよ。そういうところの衣服がある程度ダブダブになるのは当然のことだ。それを自分たちの下手な模倣だと考える、あんたたちの見方の方がゆがんでいるとは思わないか。勝手にあんたたちのモノサシを当てないでくれ」

「イトコ結婚のこともそうだと言うのか?」

「そうだよ。もっとも、あんたたちが言うほどイトコ結婚は多くないけどね。確かにあんたたちは血族同士の結婚はしない。それどころか先祖が同じでも結婚しない。それはあんたたちの文化だ。しかし、世界共通の尺度じゃない。現に、あんたたちが一時盛んに出稼ぎに行っていた中東の国々、アラブ系の国は、あんたたちとまったく逆で血族同士の結婚が普通じゃないか。イトコ結婚だって、日本の数十倍多いはずだ。それを、あんたたちは非難したのか?」

「――――」

「ほら、ごらん、それも不公平じゃないか、血族結婚の数で言えば、アラブ世界の方がずっと多い、それなのに、サウジアラビアは非難せず、日本だけを野蛮国とののしる、これはどう考えても不公平としか言いようがない」

林も朴も何とも反論できなかった。

「それにもう一つ例を挙げれば、あなたたちはよく犬の肉を食べるでしょう」

「だから、野蛮だと言うのか?」

早速、林が目をむいた。

和田は首を振って、

「そうじゃない。それを言うならわれわれだって鯨の肉を食べます。ただ、それはわれわれの食文化の個性であって、人肉でも食わない限り、他国から非難されるいわれはないということです。われわれ日本人は犬は可愛がるべきものだと思っている。野犬も多くいるが、獲って食おうという人はまずいない。だけど、われわれはあなた方を、犬を食うから野蛮人だとは言ってないでしょう、アメリカ人のように」

「本当に韓国人は犬を食べるの? おお嫌だ」

日本側にいた中年の婦人は、顔をしかめて言った。

和田は苦笑して、

「まあ、こういう人も中にはいますけどね。韓国人が日本人に対して言うように『野蛮だ』と、ののしる人間はまずいませんよ」

林に代わって朴が再び前に出た。

「よし、じゃ、その件はわかった。だが、彼が言った血族結婚のことはどうなる?」

「だから言ったじゃないか、サウジアラビアのことを――」

「あそこは地域が違う。われわれは東アジアの人間だ。砂漠の民とはおのずから倫理も論理も違う」

「へーえ、その手を使うか。つまり、中国・韓国・日本を通じて東アジアには共通の倫理がある。それからみると、あくまで血族結婚は野蛮だと言うんだな」

「その通りだ」

朴は胸を張った。

「しかし、韓国人だって少しは血族結婚の人もいるだろうに。そういう人たちを君たちは非難するのか?」

「そんなのいるわけがない」

「いないのか、じゃ、もし、いたとしたらどうだ」

「いないと言っているだろう」

「だから、もし、いたらだ。君たちは日本人を非難するように、ちゃんと非難するのか」

「当然だ。そんなのは人間外だからな」

「よし、わかった」

和田は、天帝を振り返った。

「裁判長、ここでもう一人、重大な証人を呼んで頂きたいのです」

「誰か？」

天帝は聞いた。

「新羅の人、韓国史上最大の英雄の一人、太宗武烈王《たいそうぶれつおう》こと金春秋《キムチユンチユ》(*)さんを」

［＊（六〇三～六六一）新羅王。唐と連合して百済を滅ぼし、半島統一の基盤を固めた］

この名を聞いた時、韓国側からどよめきがあがった。

「金春秋って、そんなに偉い人ですか」

また高沢が小声で和田にたずねた。

「韓国史上、第二番目の英雄でしょうね」

「じゃ、一番は？」

その時、金春秋が証人台に現われたので、会話は中断された。

金春秋は唐風の衣服を身にまとっている。

「ようこそ陛下、恐縮ですが、わたしの質問にお答え願えますか」

「うむ、何でも聞くがよい」

金春秋は背が高く筋肉質だが、顔立ちの整った好男子であった。

「あなたはどうして王位に就くことができたのですか？」

意表を突いた質問に、金春秋は少し考えていたが、

「未曾有の国難に際し、他に適当な者がおらなかったからであろう」

「未曾有の国難と申しますと？」

「百済じゃ。宿敵百済がわが国を侵した。この敵を滅ぼすためには、唐と結ぶ必要があった」

「そこで外交上手で政治力もある王族のあなたが、選ばれたというわけですね」

「そういうことだな」

「でも、いくら能力があっても、王族でなければ、王にはなれませんね」

「あたり前じゃな」

「では、王族の条件とは何ですか、絶対に必要なものは」

「聖骨《ソンゴル》か真骨《ジンゴル》でなくてはな」

「と申しますと？」

和田はたずねた。

朴はそこで和田の意図に気付いた。

（しまった、こういうことだったのか）

金春秋は変わらぬ口調で、

「聖骨とは父母共に王族の出である者、真骨とはどちらか一方が王族の出である者じゃな」

「血族結婚ということですね、つまり」

金春秋はうなずいた。

和田は朴の方を見て、

「どうした？　何も言うことはないのか」

唇を噛みしめている朴を、金春秋はけげんな顔で見つめていた。

和田は皮肉な調子で、

「この男は、あなたの国の人間ですが、どうやらあなたを人間以下の禽獣とののしりたいようです」

「違う、そんなことはない」

朴はあわてて叫んだ。

「では、先程の言を訂正するのか」

和田は詰め寄った。

「――――」

「あくまで血族結婚をする東アジア人を、禽獣以下だと主張するなら、この王だけを例外にするのはおかしいじゃないか」

「――古代は、例外だ」

朴はうめくように言った。

「ならば、われわれ日本人、つまり外国人は余計例外のはずだ。君たちのモノサシを当てはめて、野蛮呼ばわりはやめてもらおうか」

朴は何も反論できず、うつむいてしまった。

金春秋は不思議そうに、

「この者は、なぜ血筋を同じくする者が縁を結ぶのを、禽獣とののしるのじゃ」

和田は苦笑して、

「それは、陛下のせいですよ、太宗武烈王」

「わしの？」

太宗武烈王こと金春秋はますますけげんな顔をした。

「韓国にはもともと血族結婚を認めない、などという厳しい規則はなかったはずです。むしろ血の純粋性を保存するため、王族同士は、新羅のみならず百済や高句麗でも、血族同士の結婚が普通であったと思いますが？」

和田はたずねた。

「そうじゃな。そちの申す通りじゃ」

金春秋はあっさり認めた。

和田は朴の方にちらりと視線を走らせ、

「だとすると、少なくとも陛下より以前のすべての三国の王は、何らかの形で血族結婚をしていることになります。したがって、この男の言い分を認めるなら、三国の王はすべて禽獣以下ということになりますよ。もっとも、それは自分たちだけの勝手なモノサシを、一方的に相手に当てはめることを認めるなら、ですが」

朴は怒っていた。

しかし、ここに至っては、自分の主張をくつがえすしか方法がなかった。

「わかったよ、わかった。血族結婚だから野蛮だという主張は撤回する」

「それは自分の娘が、それをすると言い出したら認めるということかい？」

「待ちなさい、そこまで言うことはなかろう。本人は自らの非を認めておるのだから」

聖徳太子が、調子に乗る和田をたしなめた。

和田ははっとして頭を下げた。

「すみません、言い過ぎでした」

「ところで、先程そなたは、この男の、このような考え方を、確かわしのせいじゃと申したな、あれはどういうわけか？」

金春秋は和田にたずねた。

「陛下が中国の制度を導入されたからです」

和田はかしこまって、

「陛下御自身がそうであるように、もともと韓国には血族結婚を不道徳とする考え方は一切なかった。それがあれば、そもそも聖骨・真骨などという言葉があり得ませんから、これは確かなことです。しかし、その韓国はやがて徐々に中国化していく。血族結婚は不可というのは、中国人の考え方です。ところが韓国が中国化するに従って、中国人の道徳がそのまま韓国人の道徳になる。だから、この朴という者は、その中国のモノサシをそのまま使って、陛下やわれわれ日本人を非難しようとしたのです」

「なるほど、つまりその中国化の端緒を開いたのが、わしじゃから、わしのせいだと申すのだな――しかし、わしは何もそこまで中国に追随しろと言った覚えはないのだが」

「しかし、われわれの古代の歴史書『日本書紀』によりますと、陛下は新羅の文物から服装まで、一切合財唐の風俗、つまり中国の風俗に一新してしまわれたため、それが原因で日本と断交状態になったと書いてありますが」

「ふん、日本の歴史書なんて、どうせチャチなもんでデタラメだ。我国《ウリナラ》の歴史書に比べれば――」

朴がうそぶいた。

和田は哀れむような微笑を浮かべ、

「あんたは何も知らないんだな。自分の国の文化を誇るのもいいが、たまには隣りの国のことを勉強したらどうだ」

「日本書紀が真実のみを伝えているとは、おれも思っていない。しかし、この書ができたのは七二〇年つまり八世紀だ。それにひきかえ朝鮮半島で最も古い『三国史記』は一一四五年つまり十二世紀の本だぜ。日本書紀の方がはるかに古いんだ」

「デタラメを言うな。日本のものが韓国より古いということがあり得るか」

今度は朴は吠えた。

和田はうんざりして、

「だから、それが偏見だって言うのさ。いいか、ここは神の法廷だぞ。嘘をついたところですぐバレるじゃないか」

朴ははっとして天帝を見た。

「わしの前で嘘をつくことは、できぬぞよ」

天帝はおごそかに言った。

「ほーら、見ろ」

和田は勝ち誇った。

「しかし、三国それぞれ、史書はあったのではございませぬかな、日本よりも前に」

と、聖徳太子が檀君に言った。

「確かに、あったじゃろうな」

檀君はなぜか苦笑して、

「だが、すべて焼かれてしまい残っておらぬ。わが民族は狭量じゃのう。敵を滅ぼすと、何もかも消してしまう。たとえ敵国じゃろうと、その文化や書物を残しておけば民族共同の財産となろうものを。激し過ぎるのじゃ。敵を憎むのは仕方ないとして、その文化まで否定せずともよいものを、のう、そうは思わぬか？」

と、太子ではなく朴に向って言った。

「は、はあ」

朴は突然のことに、とまどって、まともな返事ができなかった。

和田は話題を元に戻そうと、

「わたしが言いたかったのは、太宗武烈王が行なった『中国化』というのは、日本書紀の記述から見ても、極めて激しいものではなかったかということです。陛下はそうではないとおっしゃいますが――」

「それは見解の相違であろう。わしはわが子孫が、わし自身を禽獣と非難するほどの中国化を望んだわけではない。あれは、あくまで方便じゃ。わが国を守るためのやむを得ない措置だな」

「なるほど。じゃ、後世の人々は、陛下の真意を理解していないとは、言えそうですね」

「ちょっと待って。その王様にぜひ聞きたいことがあるの」

韓国側からだった。

傍聴席の一番後ろから、サマーセーターにジーンズというスタイルの若い女性が出てきた。女子学生らしい。

「張淑英《チャンスクヨン》、全羅南道《チヨルラナムド》、いえ百済出身です。どうしても太宗武烈王に聞きたい」

切り口上で淑英は言った。

「ほう、百済の女子が何をわしにたずねる」

金春秋がハエでも見るような目で、彼女を見て言った。

「武烈王、どうしてあなたは、唐なんかと連合したんです。あなたとあなたの子孫は外国と通謀し、百済と高句麗を滅ぼした。そんなことをするより、どうして同じ民族同士、力を合わせて、外国に立ち向わなかったの？」

「女子よ、それは無理というものじゃ」

金春秋はにべもなく、

「百済、高句麗とも、わが新羅の生来の宿敵、和睦《わぼく》など到底無理なこと。長年にわたって殺し合っておったのだぞ、共に互いを父祖の仇敵と狙い合う間柄じゃ」

「でも、わが民族はそんなに愚かではないはず、大国唐という共通の敵があれば——」

「よく聞け。そもそもわしは唐と結びとうはなかった。そちの申す通り、唐は敵じゃ。四海を併呑《へいどん》せんとする猛虎じゃ。できればそのような者と手は組みたくない。しかし、背に腹は代えられぬ。よいか、先に手を出したのは百済の方じゃ、百済が高句麗と手を組み、わしの国を攻めてきたのじゃ。仮にかの両国が手を組んだあと、わしの国とも同盟を結び共に唐に対決しようと申し出たら、わしは喜んでその申し出を受けたであろう。しかし、百済は唐ではなく、わしの国を攻めることを選んだ。だから、やむを得なかった。あの時、制度を唐風に改め、唐の意を迎えることによって、その援軍を仰がなければ、蘇定方どのが大軍を率いて来て下さらねば、わしの国は滅亡していただろう」

「でも、新羅はその気になれば、独力で百済と戦えたんじゃないの」

淑英の言葉に、金春秋は目を丸くした。

「誰がそんなことを申した」

「あのう――」

と、和田が割って入った。

「わたしが初めて慶州《キョンジュ》(*)に行った時も、ガイドの人は言ってましたよ、太宗武烈王は偉大だ。唐の援軍なんかなくっても、百済には勝てたんだ、と」

［＊新羅の首都。慶尚北道にある］

「それでは、わしが必要もないのに外国の力を借りて、同胞を討った売国奴ということになってしまうではないか」

金春秋は激怒した。

朴はちぢみ上がった。

淑英も首をすくめている。

和田はなだめるように、

「つまり、あの時の新羅は百済の攻勢を受けて滅亡する寸前だった、だからやむを得ず外国の力を借りたということですか」

「その通りじゃ。できることなら、外国の力など借りたくなかった。だが百済は強大であり、そちの国日本も高句麗も百済に味方しておったからのう」

「すみません、それは行きがかりということで、お許し願いたいもので」

「よかろう。既に遠い昔のことだ」

「でも、全羅道は、あなたのおかげでいまも苦しみをなめているのよ」

淑英は叫んだ。

「どういうことかな」

金春秋はけげんな顔をした。

「やめろ、民族の恥をさらすことはない」

朴が叫んだ。

淑英は首を振って、

「どうして？　あなたはさっきからさんざん日本人を攻撃してる、そりゃ日本人はわれわれを徹底的に差別した、その恨みはわたしにもあるわ。だけど、あなたたち慶尚道人は、わたしたち全羅道人を、いつも差別しているじゃない。それを隠すのは不公平だわ」

朴はまたまた苦虫を嚙みつぶしたような顔になった。

「在日の人たちが日本の一流企業に入社できないという話がでたけど、あんたたち慶尚道人が牛耳っている会社にも、わたしたち全羅道人はまったく入社できないじゃないの。それに在日の人も半チョッパリと差別する。自らそういう差別をしておいて、人の差別を糾弾する資格があるの」

淑英はヒステリックに叫んだ。

「娘よ、落ち着きなさい。そなたの言いたいことは、この男にもよくわかったであろう」

檀君がたしなめた。

「いいえ、もう一つ言わせて下さい。あの光州事件《こうしゅう》(**)、あの事件でわたしは兄を失いました。かけがえのない、たった一人の兄を。どうして光州だけが、軍の弾圧を受けなければならなかったのか」

「それも全羅道と慶尚道の争いだというのか」

〔**一九八〇年五月の全斗煥軍事クーデターに対して、全羅南道光州市を中心にして起こった抗議行動。全斗煥政権は当初から軍を派遣して武力鎮圧を行なった。この過程で多数の死傷者が出た〕

「だって、そうでしょう、あの全斗煥は慶尚道人です。あの男は、この際、全羅道を徹底的に叩いておこうと思ったに違いないわ。わたしの兄はその犠牲になったのです」

「それは少し極端な見方ではないのかな」

「違うわ、だって光州事件があれだけ大規模な民衆暴動になったのは、平和的な学生デモに全が軍を派遣し、一方的に暴行を加えたからです。だから、民衆は怒ったのよ。初めから、軍は弾圧を意図し挑発したんだわ」

淑英は感情が激してきたのか、その場で号泣を始めた。

和田はあっ気にとられてそれを見ていた。

（やれやれ、一千年以上前の恨みを忘れない民族が、四百年前の秀吉の侵略や、たかだか五十年前の植民地支配の恨みを忘れるわけがないか——それにしても、光州事件まで新羅と百済の争いだとは）

そこまで考えてくると、今度は苦い笑いが込み上げてきた。

（それにしても、このように、恨みまで世襲する民族を、よくもまあ、われわれの先祖は植民地支配しようなどと考えたもんだ。韓国人にケンカを売ったら、百代たたるな。無知ということは恐ろしい）

笑みが和田の顔に浮かんだのを見て、早速朴が突っかかってきた。

「何がおかしい。われわれを侮辱するのか」

「いや、すまん、そうじゃない」

和田は率直に頭を下げると、

「われわれの祖先の愚行を反省していたのさ。これだけ誇り高い民族の恨みを買うようなバカな真似をしたとな」

「そうか、それならよい」

朴はうなずいた。

泣きわめいている淑英を、中年の女性が抱きかかえるようにして、退場させた。

「証人にまだ質問があるか」

天帝が双方に向ってたずねた。

金春秋は所在なげに立っている。

「韓国側が、中国の論理を一方的に当てはめて野蛮だと決めつける行為をしないならば、証人にこれ以上いてもらう必要はないと思います」

和田は答えた。

「どうかな?」

天帝が朴にたずねた。

「わかりました」

朴は承知した。

「証人は下がってよろしい」

その声と共に金春秋の姿も消えた。

朴は自らを奮い立たせるように、気合いを入れると、言い放った。

「裁判長、続けたいと思います。日本に文化がないという事実についてです」

和田はあきれた。

これだけ自分の主張を否定されても、まだ事実と強弁する強情さ、到底日本人の比ではない。

「いいよ、今度は何についてだい？　言っとくけど、もう自分たちのモノサシだけを絶対化して、こっちに当てはめて糾弾する手は通用しないんだけど」

「今度は共通の尺度だ――仏教だ」

「仏教？　ああ、日本には仏教が伝わって千年もたつのに、高僧が一人も出ていないってことか？」

「そうだ」

和田は日本側の傍聴席を見て、苦笑してみせた。ほとんどの人が同じく笑った。悪口も、これだけ極端なことを言われると、怒るより先に笑ってしまう。

「本当に、あんたはそれを信じているのかい。本当に、いまはともかく、過去においても一人も高僧や名僧がいないと言うのか？」

「その通りだ、帰化人を除けばな」

「つまり慧慈さんとかか――ああ、あの人は帰国したんだったな。だけど、一体あんたは日本仏教史を少しでも勉強したことがあるのかい？」

「そんなもの研究する必要がどこにある」

朴の態度に、和田は今度も怒るより先に困惑が来た。

他人の国の歴史に評価を下す以上、最低限の知識がなければならない。何も知らないのに、良いの悪いのなどと評価ができるはずがない。

それなのにこの男は、日本の仏教史を研究する必要などないと言いながら、その内容についてはゼロの評価（高僧がまったくいない）を下しているのだ。

これでは議論にならない。

和田は仕方がないので皮肉を言った。

「あんたは、ぼくが思っていた以上に天才らしい」

「ようやく、わかったか」

朴は傲然《ごうぜん》と言った。

和田は皮肉が通じないのに、ますます苦笑して、

「なにしろ、まったく日本仏教史を知らないはずなのに、その内容については的確な評価ができるんだからな」

「そんなもの知らなくても評価はできる」

「どうして？　その根拠は？」

「日本の僧は最も重大な戒律を守ってないじゃないか、戒を守らずにして何が仏教徒だ、何が高僧だ」

「戒を守っていないとは？」

和田はけげんな顔をした。

「僧が妻帯してるじゃないか、女犯《にょぼん》の戒を破っておいて、何が高僧だ」

朴の言葉に、和田はいままで思いもしなかった視点を教えられた。

「ははあ、そういうことだったのか。やはり議論はしてみるもんだな」

「ようやく、おれの言葉に納得したらしいな」

「いや、納得したわけじゃない。少し説明させてもらっていいか」

「いいとも、できるならな」

「ありがとう。確かに、現代の日本の仏教僧はほとんどすべてが妻帯している。しかし、本来の仏教では僧が妻帯どころか、女人と交わることすら禁じている。これを犯せば僧としての資格を失う、その通りだ。だから、いまの日本の仏教が堕落していると言われても、一言もない。だが、明治維新の近代化の前は違う。公式に妻帯を認めていたのは一宗派だけで、その宗派は堕落したから妻帯したんじゃない。独自の教義を発展させて、妻帯に踏み切ったんだ。ぼくはこの宗派の開祖を、日本の代表的な高僧の一人、いや、仏教史上の代表的な高僧の一人と数えるね」

「女犯僧が高僧？　そんなバカな話がどこにある。僧が女と交わってはならないというのは、釈迦以来の基本中の基本ではないか」

「だから、彼の言うことには独創性《オリジナリティ》があるのさ。あんたたちは日本の文化は何でも韓国のサルマネだと言うけれど、この開祖の考え方を知れば、いかにそれが誤った見方かわかるよ。ちょっと呼んでもらおうじゃないか。――裁判長、日本の僧親鸞《しんらん》(＊)を呼んで頂けますか」

［＊（一一七三～一二六二）日本浄土真宗の開祖］

「よかろう」

天帝はうなずいた。

証人台に、僧衣をまとった太り気味の風采の上がらない中年男が現われた。

これが高僧か、と朴は一目見ただけで嘲笑した。

和田は近寄って一礼すると、

「ぶしつけながらお答え下さい。あなたは、日本の僧として初めて公式に、僧の身分のまま妻をめとられましたね」

「左様、そのように致した」

親鸞は伏し目がちに答えた。

「なぜ、そうなさったのです。仏僧が女を近付けるだけでも許されないのに、堂々と妻をめとるとは」

「いかにも許されぬことじゃな。わしも随分と迫害を受けた。石もて追われたこともある。しかし、わしはわしなりの仏法というものについての考えがあり、その考えに沿って行なったことじゃ。わしは自分の所業について天地に恥じることはない」

「その考えというのを詳しくお聞かせ頂けませんか、ここに僧とは絶対に女犯の戒を破るべきではないと考えている者がおりますので」

と、和田はちらりと朴を見て、

「そういう者にもわかりますように、師のお考えを」

「わしは師ではない。愚禿《ぐとく》、単なる愚かなハゲじゃよ。わしの行く道には、師も弟子もない、皆が仲間じゃ。わしはこれを御同朋《おんどうぼう》と呼んでおる」

「わかりました、では、そのお考えを」

「うむ、わしが考えたのは、まず修行ということじゃった」

「修行？」

「左様、釈尊は印度《インド》の王子に生まれながら、家を捨て妻子を捨て、厳しい修行の末に仏陀《ぶつだ》となられた。じゃが、これは釈尊のような偉大な御方だからこそできたことで、我等のような凡夫《ぼんぷ》がいかに修行を積もうと、到底お釈迦様の境地には及ばぬのではないか、これがわしの年来の疑問であり悩みでもあった」

「それを、どう解決されたのです？」

和田の問いに親鸞は首を振った。

「いや、解決はできなんだ。わしは袋小路に入ったのだ。ところが、ここで、わが師法然《ほうねん》(＊)上人にお会いし、まったく別の道を教えられたのじゃ」

［＊（一一三三〜一二一二）日本浄土宗の開祖］

「それはどんな？」

「阿弥陀《あみだ》様じゃ。仏陀はなにも釈尊だけではない、それとは別に阿弥陀仏もおられる。この阿弥陀様はありがたくも四十八の誓願を立てられた。それによれば阿弥陀仏を念じれば、誰でも阿弥陀仏のおられる極楽浄土に生まれ変われる。しかし極楽浄土では修行が容易で誰でも悟りを開いて仏と成ることができるという。我等は自力の修行にて仏と成るを目指すより、阿弥陀仏の広大な力におすがりしてまず浄土往生を目指し、しかる後に成仏《じょうぶつ》を目指したらよいのだということがわかったのだ。これはわしの人生で最大の良き知らせであった」

「往生というのは、浄土へ生まれ変わることですね。そこで成仏、つまり仏と成るを目指すか、なるほどな」

「問題はその方法じゃ。この信仰の生まれた中国では、念仏《ねんぶつ》ということを言うておった。すなわち浄土へ生まれ変わるには阿弥陀仏を念ずるということじゃな。しかし、この念仏とは一体何をすればよいのか」

「祈るんですか」

「当初は、観想と言うておった。つまりじゃな、日がな一日、仏の尊き御姿を思い浮かべ浄土の様子を考え続けておればよいと言うのじゃ。だが、これは、よほど生活に余裕がのうてはかなわぬ。所詮、貧しき者にとっては絵空事じゃ。そこでわが師法然上人は、これをうんと簡略になされた、南無《なむ》阿弥陀仏と口で称《とな》えればよい。念仏とはこれでよい。何も観想のような難しいことをせずとも、阿弥陀仏はそもそも偉大で全知全能の御仏なのじゃから、我等信徒が賢《さか》しらな観想などせずとも口で阿弥陀仏の御名を称えるだけでよいはずだ。すなわち観想念仏から口称念仏への転換じゃな」

「それが、僧侶の妻帯とどう関係があるんだい」

朴がじれったそうに言った。

親鸞は慈愛のこもった目で朴を見ると、

「せっかちな人じゃな、それはこれからじゃ。わしは他の仲間と共に口称念仏の道へ入った。当時、わしの仲間は念仏すなわち阿弥陀仏の御名を称えることじゃが、この回数を競っておった。飯を食っても南無阿弥陀仏、人に会っても南無阿弥陀仏、水浴しても南無阿弥陀仏。何をしてもとにかく南無阿弥陀仏と称え、それが多ければ多いほどよいと競っておった。だが、ある日、わしはこれにふと疑問を抱いた。回数を競うのは誤りではないかとな」

「なぜです」

和田が聞いた。

「大切なのは信じゃ。阿弥陀仏の本願を信ずることじゃ。信さえあれば、念仏の回数を競う必要がどこにあろう」

親鸞は答えた。

「しかし、信の証拠を見せるためには、何度も念仏してみせるのがよいことになりませんか」

「それは不遜じゃ。なぜなら、阿弥陀仏は全知全能の偉大なる御仏である。我等の信がどのようなものか、証拠など見せずともわかって下さる。それに回数を競うなら、百万遍《べん》念仏をした者が一万遍の者より確実に浄土に行けることになる。しかし、これは人間の賢しらな努力を言い立てて、阿弥陀様に対し奉り、われを救えと強要することになりはせぬかな。これは不遜なことにはなりはせぬかな」

「なるほど」

「しかもじゃ、わしはさらに考えてみた。我等のような、救われぬ、煩悩《ぼんのう》に満ちた悪人が、どうして阿弥陀仏の名を称えるのか。いや、これはわが意志で称えておるのではない、そうではのうて、阿弥陀様が、その広大無辺な慈悲の御力にて称えさせてくれておるのじゃ。そう気が付いた時、わしはすべてを悟った。ならば念仏は生涯唯一回でもよい。また無理をして何度も称えようとせずともよい。それは人の賢しらであり、修行じゃ。修行をもって悟りに至らんとするは自力の道。我等は阿弥陀様の広大無辺の力、すなわち他力《たりき》によって本願を遂げるのであるから、何もせずともよいのだ。ただただ、信を自覚し、感謝の意を込めて、好きな時に念仏すればよろしい。それすらも、実は阿弥陀仏のおはからいにて、わが意志でしていることではないのだ」

「すると、この朴氏の言い草じゃないですが、その考え方と妻帯とは、どのようにつながるのでしょうか」

「僧とは何か。それは俗人よりも厳しい戒律をおのれに課し、自力修行をもって成仏を目指す人々のことじゃ。だが、我等阿弥陀仏を信ずる者は、阿弥陀様の広大無辺の他力にすがることができる。ならば、いっそのこと、阿弥陀仏に真におすがりするためには、修行はかえって邪魔になる」

「ははあ、自力に頼る分だけ、信が薄れるからですか」

「よう、わかったのう、その通りじゃ」

と、親鸞は笑みを浮かべて、

「修行がいらぬなら、戒律もいらぬ。いや、そもそも、僧侶と俗人の区別もいらぬ。我等は等しく阿弥陀仏の弟子じゃ。上下の関係などあろうはずもない。等しく仲間じゃ、同志じゃ、同朋じゃ。僧と俗の区別がない以上、妻をめとってもよい、むしろ、めとるべきだということになる」

「そんなの仏教じゃねえや」

朴が毒づいた。

「ほう、どうしてじゃな」

おだやかに親鸞はたずねた。

「仏教は、仏を信じ戒律を守り修行して成仏を目指すものじゃないか」

「わしとて、仏は信じておる。阿弥陀仏という尊き御仏をな。戒律は捨て修行はしておらぬ。しかし、この両者はそもそもが悟りを得て成仏するための手段であろう。ならば、目的である成仏さえ達成されるなら、省いてもよいではないか」

「戒律も守らず、修行もせずに、どうやって成仏するんだい」

「先程申したではないか、阿弥陀仏のおられる極楽浄土へ生まれ変わる、すなわち往生《おうじょう》するのじゃ。浄土へ参れば阿弥陀仏の手ほどきを受け修行すればよい。現世においては達成できぬ成仏も、浄土では容易じゃ。なにしろ偉大な阿弥陀仏の御指導を受けられるのじゃからな。こうして悟りを開き、仏と成る。すなわち成仏できるというわけじゃ」

朴はあっ気にとられたように、親鸞の顔を見ていた。

「どうした、まだ得心がいかぬか」

「——なんとなく、わかったよ。つまり、あんたの妻帯は、キリスト教において、カトリックの神父が妻をめとらず聖職者階級を形成しているのを批判し、プロテスタントの牧師は妻帯して信徒の代表という形で神と接している。あれと同じ形態か？」

「――？」

首をひねる親鸞に対して、和田が、

「まあ、そういうことだな。あんた、プロテスタントだったか？」

「いや、おれは違う。しかし、結局――」

と、朴は冷笑を浮かべ決めつけた。

「キリスト教の真似じゃないか」

今度は和田が苦笑した。

「どうしても、日本人に独創性がないと思い込みたいらしいね。困ったもんだな。しかし、真似じゃない。これは断言できる」

「どうして？」

朴が詰め寄った。

「簡単だよ。この人は十二世紀から十三世紀にかけて活躍した人だよ。プロテスタントのルターとカルバンは十六世紀の人だ」

「なんだって、そんなのデタラメ――」

「ほんとにしょうもない男だね」

「何を！」

朴はまた怒った。

「嘘はつけないというのが、まだわからないのか」

和田の言葉に、朴ははっとして天帝を見、そして檀君を見た。

「この者の申す通りだ。相手のことを頭から否定するのはやめなさい」

「これは一種の心の傷ではありませぬかな」

聖徳太子が言った。

「ほう、心の傷とは？」

檀君は聞き返した。

「過去に与えられた精神的傷痕の後遺症ではありませぬかな。それはやはりわれわれ日本人に責任があるかもしれませぬ」

「太子どのの申されるのは、植民地時代に日本人が朝鮮文化を一切否定するような暴挙に出た、それに対する反撥から、我子等は日本というと一切合財否定することになったということですかな」

「おおせの如くにございます」

太子はかしこまって返答した。

檀君は微笑して、

「なるほど、それもあるかもしれぬが、この者の場合はそれだけではない」

「はて、なぜでございましょうか」

「この男は、日本人が朝鮮文化を否定するその場に居あわせたのではない。この男、直接には日本統治時代を知らぬ。むしろ、韓国が初めて韓国としての教育を施すことのできた時代の生まれじゃ。さすれば、この男の考えは韓国の教育のたまものじゃな。その欠陥のな――」

「檀君様、それはねえや。なんで日本人の肩ばかり持つんです」

林が悲痛な声をあげた。

檀君はおだやかに、

「わしは正しいことは正しい、まちがっていることは、まちがっている、としておるだけじゃ。我子等の所業についても、身びいきはせぬことにしている」

「それは、わたくしも同様でございます」

太子が言った。

「あの、一つ申し上げたいのですが」

和田が言った。

「何か」

天帝がたずねた。

「いま、檀君様が言ったことは本当だと思います。というのは、いま世界中で独創性のある国民というアンケートを取ると、だいたい日本人がベスト5に入るんです。ところが、なかなか日本をベスト5に入れない国民がいて、それが――」

「韓国だと申すのか」

「はい、ですから、世界の意見と韓国の意見が食い違うのは、やはり韓国の体質の方に何か問題があるからだと思います」

「今度は、我国《ウリナラ》にケチをつけるのか」

朴がすごんだ。

「問題点を指摘するだけさ。それをどう判断するかは、そちらの問題だ」

「じゃ、やってみろ」

「待て待て、その前に――」

天帝が割って入った。

「日本には仏教の高僧がいないという話は、どうなったのだ。韓国側はその主張を誤りだと認めるのか？　それともまだそのように主張するのか？」

朴は天帝に向って、

「──日本に、一人ぐらいは、その、独創性のある僧がいたことは、わかりましたよ。でもそれだけでしょう」

天帝は今度は和田を見た。

和田はうんざりしたように、

「本当にこの人には日本仏教史をせめて一度は勉強して、その上で文句を言ってもらいたいですね。この親鸞聖人は日本仏教史では五本の指に入る高僧ですが、ということはあと少なくとも四人は高僧がいるということです」

「いやいや、それは過褒というもの、わしは僧ですらない、ただの禿じゃ」

親鸞は伏し目がちに言った。

「いや、御謙遜でしょう。もし僧でなく、仏法者ということに範囲を広げるなら、こちらの聖徳太子様も入ります。この方は日本仏教の祖と言われております」

「いや、わしなど迷える凡夫の一人にすぎぬ」

太子は言った。

親鸞は太子に向って合掌し頭を下げると、

「あの節は大変お世話になりました。あそこで夢のお告げを賜わったからこそ、今日のわたくしがあるのです」

「いや、わしの夢告《むこく》など、ほんの手助けに過ぎぬ。そなたこそ、よう教えの道を切り開かれた」

和田は咳《せき》払いして、

「あの、すみません、先に進みたいのですが、よろしいでしょうか」

「よい、続けなさい」

太子が言った。

「この親鸞聖人の時代は、日本仏教の黄金時代で高僧が輩出しています。この方の師である法然上人、栄西禅師《えいさいぜんじ》、道元禅師、日蓮上人《にちれん》、一遍上人。明恵《みようえ》に忍性《にんしよう》それに叡尊《えいぞん》、それに時代をさかのぼれば、行基、空海、最澄《さいちよう》、時代を下れば一休、蓮如《れんによ》、瑩山《けいざん》――。一休は子供向きのアニメにもなって、中国でも放映されているよ。こう数えてくると十人どころじゃないな」

「その中には、行基、最澄など帰化人の子孫がいるのを忘れてはならぬぞよ」

太子が注意した。

「はい、わかっています。それにしても、日本に高僧がまったくいないという主張が誤りであるということは、おわかりだと思いますが」

和田は朴を見た。

朴は首を振って、

「一人ぐらいじゃ、わからないな。あんたは名前を挙げた人間を高僧だと言うが、証拠はない。それにこの人は本来の仏教者とは言い難い」

と、親鸞を指さして言った。

「無礼であろう、控えなさい」

檀君は朴をたしなめた。

「いやいや、そのような罵言には慣れておりまする」

親鸞は笑って言った。

「じゃあ、あんたの言う、本来の仏教者とはどんな人のことだ」

「戒律を守り修行を極めた人のことだ。そういう僧はいるか？」

「もちろん、いるよ。そうだな、後世に多大な影響を与えた一人を選ぶとしたら、やっぱり道元(*)かな。禅は日本人の精神に極めて重大な影響を与えたから。ぼくに言わせれば、これが日本と韓国の運命の分かれ目だったような気がする」

(*日本曹洞宗の開祖(一二〇〇〜一二五三))

「わが国にも禅はあるぞ」

すかさず朴がやり返した。

「でも、あんたたちは仏教を弾圧し、僧侶を賤民《せんみん》に落とした。だから、一種の国教的地位にあった儒教に比べれば、仏教の韓国文化に対する影響ははるかに小さい、違うか?」

「――――」

「だが、日本は違う。日本では、仏教は堕落《だらく》したという一面もある。しかし、弾圧されたわけではないから、その影響は大きい。それをこれから立証するため、日本の僧、道元禅師を呼んで下さい」

と、和田は最後は天帝に向って言った。

「では、わしはもうよろしいかな」

親鸞が言った。

「うむ、御苦労であった」

天帝が言うと、親鸞の姿は消え、かわりに道元が現われた。

道元は親鸞と違って、身体が引き締まり筋肉質で眼光鋭く、顔は日焼けしていた。

「おたずねします、あなたの信ずる仏法とは何ですか」

和田が言うと、道元はにこりともせず、

「愚問じゃな」

「はあ、どうしてですか」

「教えは所詮、言葉では伝えられぬ。もし、仏の道を知りたければ、出家し、ひたすら座禅することじゃ」

「修行ですね」

「修行？　そなたは何をもって修行となす？」

道元は逆に聞いてきた。

「それは、その、座禅をすれば――」

「違う、飯を炊く、薪を割る、汗を流して畑を耕す、これすべて修行、日常のことで修行ならざるはなし」

「それですよ、それ」

和田はわが意を得たとばかりに、

「どうして、そのようにお考えになったのか知りたいんです。なぜ、飯を炊くことが修行になるんですか？　男子厨房《ちゆうぼう》に入らず、という言葉もありますが」

「儒《じゆ》の道じゃな。わしも仏法者ながら、初めはそのように考えておった。額に汗して働くこと、まして飯を炊くことなどは、賤しき下人のすること。仏法者は世事にわずらわされず、ただただ仏法の悟りを求めて修行さえしておればよいと考えておった」

「それが、どうして変わったのです？」

「宋じゃ、宋へ渡って明州慶元府《みんしゆうけいげんふ》において、わしは一人の老僧に会った。その方は典座《てんざ》でな、平たく申せば寺の料理係じゃ。わしは不思議に思ってたずねた。あなたほどの老僧がなぜ、わざわざ料理係などするのです、そんなことは若い者か召使いにでも任せて、心静かに読経《どきよう》や座禅をなさったらいかがですかと。すると老僧はこう言われた。『そなたは修行の何たるかをまったくわかっておらぬな』と」

「衝撃でしたか？」

「うむ、まさしく。脳天を一撃されたような思いであった。人が生きていくということは、飯を食わねばならぬし衣も着なければならぬ、糞《くそ》もたれねばならぬしその始末もせねばならぬ。まず自分のことは自分でする。これじゃな。自分の食事すら作れぬ者が、悟りなど開けるはずもなし。まず身近なことをできるようになれ、ということじゃ。座禅はそれから。日常のこと、これすべて修行なり」

道元は自信に満ちた表情で言った。

「当時の宋といえば、むしろ仏法より儒学の方が盛んだったように思えます。確か朱子はあなたの生まれた年に亡くなったと思いますし、朱子学、もっと広い意味で儒学でもいいですが、それを学ぼうとはお考えになりませんでしたか」

「むろん、朱子学のことは少しは学んだ。だが、あれはよくないと、わしは思った」

「どういうところがでしょうか？」

「とどのつまり、自分のことを自分でせぬということじゃな。君子《くんし》は身をわずらわさず、心をわずらわせばよい、それが儒教じゃ朱子学じゃ、だがこれは果たして人間の道として正しいのか、わしは疑問に思った」

「すみませんが、そこのところをもう少し詳しくお聞かせ願えますか」

「うむ、たとえば、そなたが申した『男子厨房に入らず』じゃが、そのそもそもの出典を存じおるか？」

「いえ、存じません」

和田は首を振った。

「孟子じゃ。孟子の梁恵王章句《りょうけいおうしょうく》に『君子は庖厨《ほうちゅう》を遠ざく』とある。立派な人間は台所などは遠ざけて建てるものだ、ということじゃな。問題はこの理由じゃ。その前後を読むと、こう書いてある。君子は鳥獣を殺されるのを見るに忍びない、そこで、そのようなものは遠ざけよ、というのだが、そなたはこれをどう思うかな」

「君子というのは、肉を一切食わないんですか？」

道元は笑って、

「いや、食わぬのはわれわれ仏僧だけじゃ。儒者も含めて宋人ほど日常肉を食らう者はおらぬ」

「だったら、ずいぶん身勝手な話だな。だってよく肉を食うんでしょう。それなのに、立派な人間は鳥獣を殺さない、殺すという現実から目をそむけた方がよいというのなら、結局自分の手は汚さず人にやらせるということになってしまう」

「そうなるな、しかも君子つまり士大夫《したいふ》はそのようなことはすべきでないとすれば、それをするのは士ではなく、下等な人間じゃと決めつけるようなものじゃ」

「でも、誰かがやらねばならない――」

「その通りじゃ。必ず誰かがやらねばならぬのに、それをやったがゆえに、下等な人間と決めつけられたら、どうじゃ。そなたは何と思う?」

「そりゃ卑怯ですよ。肉を常食としている以上、誰かが家畜を殺さねばならない。それなのに、それをやったがゆえに下等な人間とみなされるなんて、不合理だ」

「それはその職業に限らぬ、朱子学の世では儒道に精通する士のみが尊く、あとの職業はすべて賤職ということになる――それが、わしが朱子学を正しいとせなんだ理由じゃ。わしはむしろ、どんな職業も尊いと考える」

「それは人間が生きていくことに必要なことだから、修行の一環となるということですね」

「まさに、そなたの申す通りじゃ。もっとも、出家して座禅の行に勤《いそ》しむのが、一番よいことはまちがいないがのう」

「よく、わかりました」

和田は韓国側に向って、

「お聞きの通り、朱子学に徹すると、職業・身分に貴賤が生まれます。君子または士、つまり朱子学の規定する立派な人間が最高であとは十把ひとからげで賤しい人間ということになります。これが士農工商《しのうこうしょう》という考え方の始まりで、特に、肉を生産する職業は、社会に不可欠なものであるにもかかわらず、不当に差別されることになります。これが白丁《ペクチョン》(*)です。それから、男子厨房に入らず、ですから、当然飲食関係の職業は立派な男子がすることではないと、差別というほどではないにしても不当に低く見られることになる」

［＊韓国の被差別民。現在は身分としては消滅している］

「日本にだって、士農工商があったじゃないか」

「おや、文化のない国に、士農工商があるのかな」

和田がまぜっかえすと、朴は胸を張って、

「だからサルマネとしてだ」

「やれやれ、またサルマネか、よほど日本をサルマネの国にしたいらしいな。そりゃ朱子学を厳格に適用するなら、日本の士農工商は本物の士農工商じゃない。あんたの国でも、少し日本の国を知っている人はいる。そういう人が言うには、日本は士農工商じゃなくて、兵農工商だという。これは正しい。なぜなら、日本の武士、サムライ階級が『士』と称し、その身分を世襲しているだけだからだ。本来の士というのは、科挙《かきょ》という士を選抜するペーパーテストに合格し、国家の官僚となった者をいう。朱子学の原理に精通していると認められた人間が、他の愚かな大衆を管理し指導していくのは当然だ、という考え方だな、これが官尊民卑の始まりだよ。それはともかく、朱子学の体制では、科挙が採用されていないと本物と言えない。そういう意味では確かに日本の士農工商は本物ではない」

「つまり、サルマネということを認めるんだな」

「韓国人の前では、うっかり謙遜《けんそん》なんてできないね。ほんとにあんたは檀君の子孫なのか――」

と、和田はまた苦笑して、

「朱子学のモノサシを絶対化すれば、サルマネになるかもしれない。しかし、そういう考え方はおかしい。人間の生み出した文化というものは、何も朱子学だけではない。儒学の分野に限っても陽明学もあれば古学もある。まして、朱子学は、日本にとっても韓国にとっても、外来の思想じゃないか、それを絶対的な判断の基準にする必要がどこにある？　そんな必要はどこにもないぜ。日本は科挙を採用しなかった。いや、あくまで公正に正確に言えば、採用できなかった。国民の知的水準がそこまで達していなかったんだ。ただし、これは朱子学を絶対の基準としたらの話だよ。しかし、だからこそ、科挙を採用しなかったからこそ、そしてそれとは別に禅が伝えられて弾圧もされなかったからこそ、韓国のように職業差別の激しい国にならずに済んだ。これで近代化の時かなり得をした――」

「それじゃ、日本には職業差別はまったくないのか」

朴は詰め寄った。

和田にとって、これは最も耳の痛い質問だった。だが、神の前では嘘はつけないし、とりつくろうわけにもいかない。

「ある。それも現在も形式の上では消えたが実質は濃厚に残っている。ちょうど白丁のような階級が日本にもあったんだ。しかし、韓国のように肉体労働を不当に賤しめたり、職人を蔑《さげす》んだり、飲食関係の商売を立派な社会人がするものではないという偏見はない」

「――」

「たとえば、日本では老舗《しにせ》というものがある。飲食業や宿屋あるいは、包丁とか屋根瓦とか畳とか、そういったものにも十何代続いた家があり、それを家業として誇りにしている。たとえば京都には四百年続いた和菓子の家がある。二百年以上続いた宿屋や料亭はざらにあるしね。こういうところでは主人が自ら包丁をとって調理場で働いたりするんだよ。でも、韓国にはそんな老舗なんか一つもないだろう。なぜないのか、それは飲食業で成功しても、それを子孫に伝えようとは夢にも思わないからだ。金がたまったら、もっと『高貴な』職業に転じてしまうからだろう。違うかい？」

朴は無言だった。しかし、その表情は明らかに和田の言葉に反論できない口惜しさを感じさせた。

「日本の老舗、これは日本独自のもので、世界に誇れるものだ。わかるかい、これが文化なんだ。もちろん、ぼくは、韓国にはそういうものがないことをもって、一概に韓国はダメだとは決めつけないし逆に変に評価もしない。それぞれ国には個性というものがある。だからこそその個性に応じてそれぞれの文化が生まれるんじゃないか。日本は韓国のように仏教を、特に禅を蔑み山の中に追放したりしなかった。だからこそ、別の文化が生まれたんだよ。いい加減にわかってくれないかな。日本と韓国はまったく別の国なんだ。別の国には別の文化が生まれるんだ。そもそも『文化のない』国なんていうのはあり得ないんだよ。別の国がある以上、そこには別の文化があるんだ」

朴は相変わらず不機嫌そうに押し黙ったままだった。

日本側の傍聴席の若い男が手を挙げた。

「あの、発言してもいいですか」

「いいとも、君は？」

「渡辺浩二といいます、学生です。先程から、和田さんが公正ということを強調されているので、ぼくも公正を期して言いますが、日本人が肉体労働を軽蔑していないとは言えないと思います。和田さんの言い方だと、韓国人だけが肉体労働を賤しんで、日本人はまったくそういうことをしないように聞こえますが、むしろ日本人だって肉体労働に従事するよりはホワイトカラーの方が立派だという考え方が、どこかにあるような気がしますけど。ぼくもそれではいけないと思うんですが——」

「ありがとう。確かにそういうことは言えるだろう。だけど、ぼくは先程の主張を撤回するつもりはない。韓国人は日本人よりはるかに肉体労働を軽蔑するという主張をね」

「どうしてですか？」

渡辺は不思議な顔をした。

和田は朴をちらりと見て、

「ここでいう、軽蔑される肉体労働の範囲は、日本より韓国の方がはるかに広いからだよ。たとえば、小・中学校時代に掃除の当番があって、トイレ掃除なんかさせられただろう？」

「ええ、やりました」

「そのことについて、どう思った？」

「そりゃあ、正直言えば嫌だったけど、でも当然でしょう、自分も使うトイレなんだから」

「それを屈辱とは思わなかった？」

「思いませんよ、そんなこと。自分のことは自分でするのがあたり前でしょ」

「じゃあ、君が大学を出て会社に就職したとするね、そこで社員研修の一環として、作業服を着せられ会社のトイレ掃除や工場の草むしりをさせられたらどうだ、それを屈辱と思うかい？」

「屈辱とは思いませんよ。できればそんなことはしたくないけど」

「ところが、韓国の学生に同じことをやらせたらどうなるかな、たぶんバカにするなと辞めちゃうんじゃないかな」

「まさか」

渡辺は目を丸くした。

「朴氏に聞いてごらん」

和田は朴に水を向けた。

朴はか細い声で不承不承答えた。

「辞めるかどうかはわからんが、怒ることはまちがいない」

「どうしてですか?」

代わって和田が答えた。

「大学生は、受験という科挙によって選抜されたエリート、現代の士大夫だからさ。君子にそんな賤しいことをさせるとは何事だ、というわけだ」

和田の説明に、渡辺はあきれてものが言えなかった。

「肉体労働の範囲が広いというのは、そういうことさ。ちなみにホワイトカラーとブルーカラーの賃金差、あるいは事務職と技術職の賃金差も、日本よりはるかに大きい——これだって、結局は日韓の文化の違いですよ。韓国の方が、より朱子学の思想が生きているということでしょう」

和田は天帝の方を向くと、

「裁判長、そこで、日本と韓国の文化の違いを立証するため、もう一人証人を呼びたいのですが」

「ほう、誰じゃ」

「十八世紀の封建領主、上杉鷹山《うえすぎようざん》(*)です——ちなみにこの上杉鷹山は、アメリカの第三十五代大統領ジョン・F・ケネディが最も尊敬する日本人として名を挙げたことでも有名です」

［＊（一七五一～一八二二）江戸時代の米沢藩主。藩の財政再建を果たした］

「では、証人は下がってよろしい」

天帝はまずそれを言った。

道元である。

気が付くと道元は、和田と朴との長い問答の間、床に座って座禅していた。まるで人の気配を感じさせない見事なまでの禅定《ぜんじょう》であった。

「あっ、すみません、失礼しました。お待たせして」

和田が謝ると、道元は閉じていた目を開け、立ち上がって、

「なに、拙僧は待っていたのではない。ただ座禅をしていただけだ。これにて失礼する」

道元の姿は消えた。代わって、ちょんまげを結った羽織袴《はおりはかま》姿の老人が現われた。老人はやせており、どちらかといえば貧相で、小さな刀を腰にさしていた。

「鷹山でござる」

老人は律義に一礼した。

和田は前に進み出て、

「あなたは一生の仕事として、あなたの領土である米沢《よねざわ》十五万石上杉家の再建をされましたね。どうして、それをしなければならなかったか、そのあたりからお聞かせ下さい」

鷹山は微笑して、

「まず、一つ申しておかねばならぬな。わしは米沢十五万石を自分の領土だと思ったことは一度もない」

「え、でも、あなたは米沢藩の藩主でしょう」

「そうじゃ」

「藩主というのは、自分の領土と人民の支配権を、中央政府である幕府から認められているのでしょう」

「形としてはそうじゃな。しかし、それはたまたまそうであるというだけでな。わしは藩主の座を養父の子に譲る際、三つの訓戒を与えた。一つ、国家は先祖より子孫に伝え候《そうろう》国家にして、我、私《わたくし》すべきものには、これなく候。一つ、人民は国家に属したる人民にして、我、私すべきものには、これなく候。一つ、国家、人民のために樹《た》てたる君にて、君のために樹てたる国家、人民にはこれなく候、とな」

「いま、養父とおっしゃいましたが？」

「わしは養子じゃからな」

「あの失礼ですが、その養父と遠縁であるとか」

「いやいや、まったく血のつながりはない。わしは養父の女婿《むすめむこ》に過ぎぬ。その養父に実子が生まれたのでな、わしは藩主の座をその子に譲るべきだと考えた」

「あなたに実子は？」

「いや、それはなかった。妻が体が弱くてな、子を産めるような状態ではなかったのでな」

「妾を迎えようとは考えなかったのですか。子を作らねば、家はつぶれるでしょう」

「それは妻に悪くてのう、それにいざとなれば養子を迎えればよいと思った」

「わかりました。では、初めの質問にお答え願います」

「うむ、わしが先代重定《しげさだ》公から家督《かとく》を受け継いだのは十七歳の時じゃった。じゃが、わが藩は窮乏のどん底にあり、財政を一から立て直さねばならない状態じゃった」

「どうして米沢藩は窮乏していたのですか？」

「そもそも上杉家は三百万石の家柄であった。それが数々の不始末で石高を減らされ十五万石までになった。ところが、いくら石高を減らされたからといって、忠実なる家臣どもを皆首切るわけにはいかぬ。少しは減らしたが大部分は残った。また、人とはなかなか体面にこだわるもののう、家の格式、屋敷の造作、また他家との交際などは、できるだけ昔のままにとどめようとしておった」

「収入が最盛期の二十分の一になったのに？」

「そうじゃ。そこでわしはまず藩士全員を身分の低い者に至るまで集めて、辞を低くして頼んだ。共に額に汗して働き藩を再建しようとな。自ら範を示すため、藩主の生活費を十分の一に切りつめ、奥御殿の女中も減らし、食事は一汁一菜《いちじゅういっさい》とした」

「それで藩士の反応はどうでした？」

「あまり芳しくはなかったな。人は体面にこだわるものだ。わしが漆《うるし》や楮《こうぞ》（和紙の原料になる植物）を植えるのを手伝ってくれと頼んだら、士が百姓の真似ができるかと拒まれたし、その家族に織物を作らせてはどうだと申したら、士の家族に職人の真似などさせられるかと、反撥をくらった」

「それでどうしました」

「別にどうもせぬ。ただ自ら範を示し家臣たちに辞を低くして頼み込んだに過ぎぬ。このまま行けば藩が立ち行かぬことは明らかなこと、それゆえ、徐々にわしの考えに尾いてきてくれる者が増えた」

「あなたは藩主でしょう、主君でしょう、だったら命令してやらせればいいじゃないですか」

「いや、それをしても無駄じゃ。士というものは、畑仕事や職人仕事を頭から蔑んでおる。このような者に無理に命じても、面従腹背、時間と金の無駄じゃな」

「自ら範を示したというのは、どうされたのです？」

「自ら鍬《くわ》を取って畑を耕したり、そうじゃな、わが愛馬で下肥《しもごえ》を運んだこともあった」

「下肥を？　あれは臭いでしょう、誰も批判は――」

「貴人のすることではない、賤しい真似をするな、さんざん陰口は叩かれたのう。じゃが、わしは何もせず無駄飯を食らうことは、人として許せぬことと思っていたゆえ、何の痛痒《つうよう》も感じなかった」

「それで皆も後に尾いてくるようになった？」

「そうじゃな、わしが最もうれしかったのは、江戸藩邸が焼けた時じゃ」

「はあ？」

和田は意外な顔をした。藩邸の焼失は不幸のはずである。

「藩邸は何をおいても再建せねばならぬ。じゃが財政窮乏のおり、金はまったくない。特に困ったのは建材じゃ。いや、国元には木はたくさんある。だが、それを切り出すには金がかかるし、運ぶにはさらに金がかかる。途方に暮れておったところ、これまでわしの改革には協力しなかった五十騎組がそれをやろうと申し出てくれた。いや、あの時はうれしかったのう」

「五十騎組というと、藩主の近衛兵のようなものですか？　誇り高い選ばれた人々ですね？」

「そうじゃ、その者たちが自ら粗衣をまとい山中に分け入って木を切り出し、江戸へ運んでくれたのじゃ」

「ようやく改革は軌道に乗ったわけですね。でも反対者はいなくなったんですか」

その質問に、鷹山の顔に初めて苦悩の色が浮かんだ。

「最後まで反対した者がおった。わが藩創成期以来の重臣どもじゃ。その者たちは、いくら言っても説得に応じようとしなかった」

「どうしてです？　そのまま行けば藩がつぶれるのは、誰が見ても明らかなんでしょう」

「そのはずじゃがな。重臣どもは、わしが養子じゃから上杉の家風が理解できておらぬとか、体面にかかわるからみっともない真似はやめろとか、父祖の道を改めるのは不孝《ふこう》の極みじゃとか、様々な理由をつけて反対した。わしは養父《ちち》とも相談して説得して頂いたが、それでも重臣どもは言うことを聞かぬ。ついに――」

鷹山は溜息をついた。

「どうしました？」

「代表二人に腹を切らせた。まことに残念じゃった」

「その二人は、儒教に忠実な君子だったのかもしれませんね」

和田は朴に向って言った。

朴はむっとして、鷹山に、

「その二人の一族はどう罰したんだい？　反逆罪だから九族《きゆうぞく》(＊)皆殺しかい」

［＊高祖父から玄孫《やしやご》までの九代の親族］

「そのような惨《むご》いことをする必要はなかろう。死を命じたのはその二人だけじゃ」

「息子はどうした、坊主にでもしたのか？」

「二年間、謹慎を命じた」

「二年？　それから後は？」

朴の顔に驚きが走った。

「家督の相続を許し、元通り召し抱えたがの」

「何だって、だって反逆者の息子だろう？」

「父は父、息子は息子じゃ。当の息子がわしに仕えたくないと申すのなら、それはやむを得ぬことだがの」

朴はまだ納得がいかない顔をしていた。

和田は朴に向って、

「そろそろわかってくれたかな。これが日韓両国の考え方の違い、すなわち文化だ。日本は韓国のように百パーセント儒教化、朱子学化しなかった。そのために韓国では『野蛮』とされているイトコ結婚がある。その一方で禅の影響を受けて、たとえばこの鷹山公みたいな人もいる。これが文化なんだよ」

朴は黙ったままだった。

あまりにその時間が長いので、天帝はしびれをきらしたように、

「どうした？　韓国側は『日本に文化はない』という主張を撤回するのか、それともさらに論争する用意があるのか」

「撤回、します」

朴は小声で言い、顔を上げると今度は声を張り上げて、

「しかし、私は断固として主張します。日本の文化なるものは、我国《ウリナラ》の亜流であり、我国《ウリナラ》の文化の方が断然優れていると」

和田はうんざりしたように、

「たとえば、どういう点が優れているのかな？」

「ハングルだ、こんな立派な完璧な文字は、世界中どこを探してもないぞ」

「日本だって、カナがあるぜ」

「ふん、ハングルの素晴らしさに比べれば、カナなんぞ原始人の文字だ」

朴は鼻先で笑った。

「どうしようもないね、韓国人のお国自慢は」

「なに、我国《ウリナラ》を侮辱するか」

「侮辱はしていない、事実を言っているだけさ」

「いまの言葉、撤回しろ」

「撤回はしない、事実だからだ。そういう考え方自体朱子学に毒された、自己中心的な考え方だということが、わからないのかな」

「ははあ、そうか、わが民族が朱子学を自らのものとし、世界一の礼教体制を築いたことが気に入らないんだな。そうか、それで朱子学を誹謗《ひぼう》するのか」

和田は苦笑した。

朴の言うことが、とんでもない見当違いだったからだ。

しかし、朴は、和田の苦笑を、図星を突かれたことの困惑と見て、さらに突っ込んできた。

「どうした？　ぐうの音も出ないのか」

「――いや、違う」

和田は笑いをおさめて、

「確かにわれわれの先祖は、こと朱子学に関して言えば大劣等生だった。だが、そのことを残念に思ったことは一度もない。いや、正確に言えば、そう思った日本人も少しはいたかもしれないが、先程から強調しているように、日本は朱子学に徹底的にやられなかったからこそ、独自の文化を切り拓くことができたんだぜ」

「だが、我国《ウリナラ》が世界一の礼教体制を築いたことは認めざるを得まい。我等は儒学の生まれた中国よりも、完璧な素晴らしい礼教体制を築いたのだ」

「本気でそう思っているのか？」

「うん？」

「だから、あんたたちは中国から学んだ朱子学を自分のものとして、ついに先生である中国を追い越し、より立派な、より完璧な朱子学を基本とした政治体制、つまり礼教体制を完成させたというのか」

「当然だ。何か文句があるのか」

朴は胸を張って和田をにらみつけた。

和田は一瞬ためらった。

反論はできる。それも相手の主張を完全にくつがえすことができる。しかし、朴はこのことで日本を直接侮辱しているわけではない。相手が考えていることが幻想だとわかっていても、それを指摘するのが果たして正しいことだろうか。

「やりなさい」

突如、天帝が和田に向って言った。

和田はいぶかし気に天帝を見上げた。

「そなたの考え方はわからぬでもない。しかし、この際、一切の膿《うみ》を出した方がよい」

「そう思われますか?」

和田は半信半疑でたずねた。

このことは、下手をすると韓国人の誇りを粉々に打ち砕くことになる。

朴が不思議そうに天帝と和田を見比べた。

和田は覚悟を決めた。

「じゃ、反論しよう。韓国が、朱子学の礼教体制の充実という点において、師である中国を追い抜いたというのは、まちがいだ。これこそ典型的な夜郎自大《やろうじだい》的誤解だ」

「何を言うか」

傍聴席から初老の男が憤然として出てきた。

「金玄達《キムヒョントウ》先生」

朴が驚きの声を上げた。

その名は和田も知っていた。韓国の中世史学の第一人者である。

「金玄達先生ですね、ぼくもあなたの『韓国通史』を読ませて頂きました」

和田は丁重に言った。

金玄達は口角泡を飛ばさんばかりに、

「ならば、わかるはずだ。我国《ウリナラ》こそ中国礼教の最も整備された国であることを。偽りを言うと許さんぞ」

朴も大学者の応援に力を得たのか、

「さっさと謝った方がいいぞ、韓国史の大家がおまえの説はあり得ないとおっしゃっているんだ」

　和田はむしろ悲痛な表情で、

「金先生、ぼくは学者というのは愛国者である以前に、真理の探究者でなければならないと思います」

「当然だ」

「ならば、どうしてそういうことをおっしゃるのですか？」

「事実は事実だ」

「おかしいな。常識ある学者なら、いや、このことに関してなら、中学生でも判断できるはずなんだが」

「デタラメを言うなよ」

　朴が言った。

「――わかりました。そこまで言うならやむを得ないでしょう。韓国の礼教体制が中国のものに比べて、本当に優れていたか、そのことを証言してくれる人を呼んで決着をつけましょう。――裁判長、十世紀の中国、後周《こうしゅう》の人、双冀《そうき》を呼んで頂けますか」

「よかろう」

天帝はうなずいた。

「双冀って誰です？」

朴が小声で金玄達に聞いた。

「我国《ウリナラ》に科挙をもたらした人だが――」

金玄達は首をひねっていた。

中国の官僚の姿をした双冀が証言台に現われた。

「あなたは高麗に仕え、高麗の朝廷に科挙の採用を進言しましたね」

「いかにも。礼教体制には科挙が不可欠じゃからな」

双冀は淀みなく答えた。

「では、お聞きします。あなたの目で見て、その後、韓国の礼教体制は本家本元の中国を凌駕《りょうが》したと思われますか」

「いや、思わぬな」

双冀は即答した。

「中華思想だ」

ただちに朴が叫んだ。

「――この男は中国人だ。だから中国の方が何でも優れているという幻想に取りつかれているだけさ。ひそかに見下していた韓国に追い抜かれたのが口惜しくて仕方がないから、事実を事実として認めようとしないんだ」

「その言葉は――」

和田はくすくす笑って、

「日本人からのメッセージとして、あんた自身にお返ししたいね」

「――？」

朴は和田の言ったことの意味がわからず、双糞の方に突っかかって、

「そうだろう、事実は事実として認めたらどうだ、韓国の礼教体制の方が優れていると」

「いや、そうではない」

双冀は首を振った。

「何だと、この――」

「ちょっと待てよ、まずそう判断する根拠を聞いてみようじゃないか。そのうえで反論があればすればいい――そうですね、裁判長」

と、和田は同意を求めた。

天帝はうなずいた。

朴も振り上げたこぶしを下げざるを得なかった。

「では、あらためてお聞きします。韓国の礼教体制は、結局本場の中国のものには及ばなかった、あなたがそう判断する最大の根拠は何でしょうか？」

「科挙の施行方法じゃな」

「はい、もう少し詳しく」

「受験資格じゃ」

双冀の言葉は明快だった。

「――科挙は広く人民の間から人材をすくい上げるのが本旨であり、根本理念でもある。それゆえ誰でも受験できるものでなくてはならぬ、士大夫の子であろうが、工人や商人の子であろうが、夷《えびす》であってもよい。誰でも受験できるのが真の科挙じゃ」

「韓国はそうではない？」

「うむ、残念だが、この国では科挙の受験者を両班《ヤンバン》という貴族階級に限定した。いかに優れた者がそこから登用されようとも、庶民にも門扉が開かれていない限り、それは真の科挙とは言えぬ。その真の科挙でないもので選ばれた士大夫も、真の士大夫ではない」

「従って、その士大夫が作る礼教体制も本物ではない。あるいは、それが言い過ぎならば、少なくとも中国より優れているとは、絶対に言えない？」

「そうじゃな、そなたの申す通りじゃ」

双冀は断言した。

苦い顔で黙っている金玄達に代わって、朴が叫んだ。

「しかし、我国《ウリナラ》には李退渓《イテゲ》がいる、名君世宗《セジョン》もいるぞ」

「それはわかっている。しかし、立派な学者や名君が出たことと、その体制自体の優劣とはまた別の問題じゃないのか」

「しかし、しかし――」

「たとえば、どこかの開発途上国が、現代韓国の大学入試制度は実に素晴らしい、わが国にも導入したいと言ったとするね。喜んで、コンピュータシステムから何から全部教えたとする。うまく定着しましたと言ってきたんで、視察に行ったら、その国の貴族階級しか受験できないシステムになっていたとする。どうだい、これは？　いまの韓国の大学入試制度の根本理念を踏みにじられたという気はしないか」

「――」

「そのシステムの中から、ノーベル賞級の学者が出たとしても、やはりシステム自体が正しいとは言えないだろう」

「だが、われわれには李退渓がいる、世宗も」

朴は頑固に言い続けた。

和田はうんざりした。

これは反論ではない。これでは議論にならない。

李退渓は韓国の朱子とも讃えられる大学者である。実際、学問の業績から判断すれば朱子の後継者は中国人ではなく、韓民族の李退渓であったことは衆目の一致するところだ。世宗は、韓民族固有の文字であるハングルを制定させた名君だ。

この二人に、三国統一の金春秋、秀吉の侵略に対して日本軍に圧勝した李舜臣《イスンシン》、これが韓国の四大偉人だろう。さらに一人加えるとしたら、朝鮮王朝の始祖李成桂《イソング》か、侵略者伊藤博文を暗殺した安重根《アンジュングン》だろうか。この中でも李退渓と李舜臣はお札に肖像が描かれている。

あまり相手が頑ななので、和田は思わずかっとなって、

「だいたい、李退渓を讃えておいて、その一方で世宗やハングルを讃えるなんて、分裂していると思うんだけどな」

「なんだと、もういっぺん言ってみろ」

和田はしまったと思った。

李退渓や世宗大王は韓国人の最大の誇りなのである。金春秋や李舜臣は武人だから、文化の人としてはこの二人が最高である。

この二人を批判することは、血みどろの論争になりかねない。

（しかし、この際、勇気を持ってやってみるか）

和田はふとそう思った。

朧は徹底的に出しておいた方がいいのかもしれない。

それは韓国人のプライドを無茶苦茶にしてしまう恐れもある。しかし、幻想に頼って生きていくより、はるかにマシなはずだ。

「――李退渓の文化的業績と、世宗大王の業績とは、まったく相反するもので、相互に矛盾するものだ。一方を批判し一方を讃えるというなら理解できるが、単に同国人だからと言って、両方とも絶賛するのはおかしい。それは――」

和田は一呼吸おいて思い切って言った。

「安重根と李完用《イワンヨン》（＊）をいっしょくたに褒めるようなもんだ」

［＊日韓併合時の韓国の総理大臣。併合条約に調印したため、代表的な売国奴とされている。その墓は死後暴かれ、開墓となった］

案の定、韓国側から激しい非難の声が上がった。

朴は敵意のこもった目で和田にせまった。

「どういうつもりだ。取り消すならいまだぞ」

「取り消すつもりはない。事実だからな」

朴が駆け寄って和田の胸倉をつかんだ。

「やめなさい」

天帝が一喝した。

朴は不満そうに手を放した。

「言論には言論で対抗しなさい。まず、そなたから信ずるところを述べ、それに韓国側が反論すればよい」

天帝は和田に向って命じた。

「はい。それでは、少し気が重いですが、やります。その前に韓国側におたずねしたい。韓国側では本当にハングルという民族の文字を世界で一番優秀な、韓民族の誇りだと考えているのかどうか」

「あたり前だ、当然のことを聞くな」

朴が言った。

「金先生はどうですか？」

和田は金玄達にたずねた。

「言うまでもない」

「金先生は、漢字もお使いになった世代だと思いますが、漢字の価値は認めないのですか」

「そんなもの何の価値がある。ハングルこそ世界一の文字、他には必要ない」

「わかりました。若い人の意見も聞きたいな」

和田は傍聴席に歩み寄った。

「君はどうだ、この人たちと同じか？」

たずねられた少年は十七、八ぐらいに見えたが、むっとして、

「そうです」

と、答えた。

和田は他の人に目をやった。

「私は違うと思います」

若い、二十四、五の女性が立ち上がった。

「申玉姫《シンオキ》といいます。私はハングルが世界一の文字なんて思いません」

韓国側のほとんどが申玉姫に厳しい非難の視線を向けた。それは日本人の和田が思わずたじろぐほどの視線だった。

しかし、申玉姫はたじろがなかった。

(日本人ならひるむだろうな)

和田はひそかに舌を巻いた。

「女が口出しすることじゃない、引っ込んでいなさい」

金玄達が虫ケラでも追うように、手を払って言った。

「どうして？　すべての人間に平等な発言権があるはずだわ」

金玄達も朴も、もうそちらを見ようともしなかった。

和田はその場をとりつくろうように、

「わかりました。あなたの御意見は後でぜひうかがわせて下さい。他には？」

和田はあたりを見廻した。

「時間の浪費だな、ハングルが世界一の文字であることは科学的に立証できる」

四十代か、それより少し前ぐらいの男だった。背広を着て、いかにもインテリという感じがする。

「あなたは?」

「丁敬順《チョンキョンスン》、国家外交部に勤めている」

「じゃ、現代の士大夫というわけだな。ハングル世代か」

和田はたずねた。漢字というものをまったく教わらず、ハングルのみで教育を受けた世代をこういう。最も反日的なのもこの世代だ。国家が徹底的に反日教育を施したからである。

「そうだ」

丁敬順の視線は敵意に満ちている。

「その科学的立証を聞いておこうか」

和田は言った。

丁は何をいまさらと言わんばかりに、

「文法的に例外がなく、文字形と音声が世界一合理的に構成されている。誇るべき万能の文字だ」

「よし、わかった。じゃ、ちょっと前に出て来てくれないか」

丁は立ち上がって出て来た。

「誰か、ハングルの本を持っていたら貸してくれ」

和田は韓国側に呼びかけた。

先程の学生が本を差し出した。

歴史の教科書のようだった。

ほとんど漢字は使われていない。

「ちょうどいいや、ありがとう」

和田は韓国側の朴、金、林それに丁の四人に向って、

「じゃ、ハングルについて、あんたたちが言ったことを忘れないようにね。裁判長、李退渓を呼んで頂けますか」

今度は証人台に李退渓が姿を現わした。

千ウォン札そのままの風格ある姿に、金玄達は感激して駆け寄った。

「李先生、お目にかかれて光栄です」

李退渓は不思議そうに金を見ていた。

「早速ですが、おうかがいしたいことがあります」

和田が近付くと、今度は李退渓は警戒の色を見せて、

「倭人か」

「はい、和田夏彦と申します」

「倭人がわしに何の用じゃ」

「これをまずごらん下さい」

和田は学生から借りたハングル本を見せた。

「なんだ、諺文《ウオンムン》(*)ではないか、汚らわしい」

[*両班階級がハングルを蔑んでいう呼称]

李退渓のその言葉に、韓国側の四人は一様に顔色を変えた。

「こちらの方々は、みな、このハングル、いや、先生の言う諺文こそ世界最高の文字だと言っているのですが」

それを聞いて李退渓の方も顔色を変えた。

「なに、諺文を。こやつらは何者か、そちと同じ倭国の者か」

「とんでもありません、われわれは先生と同じ国の者です」

金玄達が泣きそうな声で言った。

李退渓は疑わし気に金を見て、

「ならばその服装はなんじゃ。どうして蛮夷の服を着ておる」

金の着ている服はふつうの背広だった。

金は返事に困った。

和田はハングル本を示して、

「しかし、この文字は最も合理的に作られたものだと言うんですが」

「理じゃと、理というものは最も気高いものだ。諺文ふぜいに使うでない」

「じゃ、あなたにとって、文字とは何ですか？」

「漢字に決まっておるではないか。漢字こそ唯一最高の字、漢字以外に字はない」

李退渓は言い切った。

「しかし、このハングル、いや、もともとの名は訓民正音《くんみんせいおん》（*）ですが、民衆にとっては必要なものでしょう」

［*世宗大王がこの文字を作った時の正式名。「民衆に正しい音を教える字」という意味］

「いや、わしはそうは思わん。無知な民にそのようなものを教えてはろくなことにならん」

「一体どうしてそこまで、この文字に反対するのですか、その理由をお聞かせ下さい」

「そのようなことは既に、崔萬理《チエマルリ》(**)どのが世宗大王に奏上しておるわ。それに尽きる。それから申しておくが、諺文などは『文字』ではないぞ、文字という言葉を使うでない」

「は、はい。で、その理由ですが」

〔**世宗時代の儒学者〕

「わからん奴じゃの、まあ、倭人ならやむを得ぬか。言うて聞かせてやろう。第一にわが国は中国を宗主国として奉じておる。新しく文字、いや文字もどきを作れば、それは中国に対する親意を犯すことになる。第二に、中国の周辺諸国は文字を作っておらぬ。それなのにわが国だけがなぜ作る必要があるか――」

「それは事実に反しますね。世宗大王が訓民正音を作った時には、モンゴルやチベット、それに日本が固有の文字を持っていたはずですが」

和田の言葉に、李退渓はじろりと一べつして、

「野蛮人の所業は数に入れておらん」

「は、はあ、そうですか」

和田は苦笑して、

「失礼しました。先を続けて下さい」

「一つ、このようなものを作ると学問や文化の発展が阻害される」

「どうしてですか？」

「漢字を学ぶ障害になるからじゃ」

「はーあ、要するに、余分なことは学ぶなということですか」

「その通り。あと一つは、このようなことは国費の無駄遣いじゃ」

「しかし、ですね、李先生」

「倭人から先生呼ばわりされる覚えはないが」

「民衆はもともと科挙の受験資格はありませんよね。ならば民衆は士大夫になって漢文を習うという道は閉ざされているわけだから、民衆だけに別の文字を教えても何の弊害もないのではないですか」

「世宗大王はそのようなお考えらしかったがな。残念じゃが、それは誤りじゃ。論語にもある。『民は依らしむべし、知らしむべからず』、民というものは愚かなものじゃ。国に税金さえ納めておればよいのじゃ。余分な知恵をつける必要はない」

「でも、民衆が文字を覚えれば、民衆の文化が発達するのでは」

「民衆の？」

李退渓はけげんな顔をした。

「たとえば、小説とか、歌曲とか――」

「そのようなもの、仮に生まれたところで、どんな価値があるというのだ」

「――あんたも少しは反論したらどうだ」

和田は朴に向って言った。

朴はおずおずと、

「詩はどうです」

李退渓はうなずいて、

「詩か、詩ならよい。だが、おまえはどんな詩を書くのか？」

「ハングル、いえ訓民正音で――」

「バカな、そんなもの書く暇があったら、少しでも中国の古典を学ぶがよい。それに正史をな」

「歴史なら、みんな熱心に学んでいます。これだって教科書です」

と、林がハングル本を示した。

李退渓はちらりと見て、

「これはわが国の歴史ではないか、こんなもの学んでどうする」

「――――？」

「正史じゃ、中国史を学びなさい。わが国の歴史など、それからでよい」

林は困惑して黙った。

「あの、先生は訓民正音をお読みになれるんですか」

和田はふと気が付いてたずねた。

「何を、バカな。このようなもの、わしが知るはずがないではないか」

「でも、さっき、少しお読みになったように見えましたが」

「知らん、知らん。わしがこんな下等な字を読むわけがない」

李退渓はそう言ったが、和田は読めるに違いないと思った。丁や金が主張するように、確かにハングルは合理的な文字で覚えやすい。そのことで、一時『厠《かわや》の文字』とも言われていた。臭いという意味ではなく、トイレの中で過ごす時間程度で、容易に覚えられる文字ということだが、厠という言葉をわざわざ使うのは、軽蔑の意を込めている。

嘘をついているかどうか、裁判長に聞けばわかるのだが、和田はあえてそうしないことにした。

「金先生、何も反論はないのですか。丁君、君はどうだ」

ハングル世代の丁は真っ赤な顔をして、

「先生、お願いします、ハングルの価値を認めて下さい。ハングルはわれわれ国に奉仕する者も、いまや公文書にも使っているのです」

「おまえは官だと申すのか」

「はい」

「科挙は通っておるのか？ ――いや、おるまいな」

「現代の科挙とも言うべき、外交官試験を通っています。首席です」

「状元《じようげん》(＊)か、末世の状元はそのような蛮夷の服を着るのか、嘆かわしい限りじゃの」

［＊科挙の首席合格者を指す呼称。生涯の名誉］

「恐れ入ります」

「待て、公文書も、ハ、ハン――」

「ハングルです、先生」

「それを使っていると申したな、いまは漢字は使っておらぬのか」

「はい、一部でしか」

「そなたは四書五経は読めるのであろうな」

「――」

丁は口をつぐんだ。

李退渓はふところから書物を取り出して、丁に突きつけた。

「読んでみよ」

丁は唇を嚙んだ。

「どうした、誰も読めんのか」

和田が黙ってそれを受け取った。

「中庸ですね。喜怒哀楽の未だ発せざる、これを中という――」

和田はすらすらと読んでみせた。

李退渓は嘆いた。

「何たることじゃ。状元が読めぬものを倭の者が読むとは。おまえは文盲ではないか」

「文盲」

そう言われた丁は、ショックのあまりよろめいた。

和田は自分が求めた事態ながら、丁がちょっと気の毒になった。

このコチコチの朱子学者は、朱子学の体系以外一切価値を認めようとしない。他の価値というものの、存在すら認めようとしないのだ。

丁だって、外交官試験にトップ合格するぐらいだから、英語や数学や、その他もろもろの学問を充分に身に付けているに違いない。ただ、その学問が李退渓にとっては学問ではないというだけの話だ。

(待てよ)

和田は不思議なことに気が付いた。

丁や林や朴が、漢文を読めないのはわかるが、金玄達は読めるはずだ。どうしてこれだけ言われながら、金玄達は黙っているのか。

「金先生――」

「わしはこんなものは読めん」

声をかけた和田に、金はそっぽを向いた。

(それだけハングルを大事に思っているのか)

そう考えるしかなかった。

自分では漢籍を自在に読めるのに、子供には一切教えようとしない人がいると聞いたことがある。ひょっとしたら金もその一人なのかもしれなかった。

和田は李退渓に向って、

「先生はハングルをお認めになるつもりは一切ないのですね」

「ない」

李退渓は断言した。

和田は決意した。

(この際だ、とことんやるか)

朱子学というものが、どれだけ近代化を阻害する有害なものか、李退渓を逆証人にして徹底的に立証する決意を固めたのである。

「裁判長、お願いがあります」

「何じゃ」

「前に見せて頂いたような映像をまたお願いしたいのです」

「何を見たい」

「この李退渓先生にぜひともお見せしたいのです。八八年のソウルオリンピックを」

韓国側から一様に驚きの声が上がった。

「ソウルオリンピックの何を見せたい」

天帝が聞いた。

「韓国選手の活躍を」

和田が言うと、また驚きの声が上がった。

中空に映像が現われた。

一九八八年九月十七日、世界百六十カ国が参加した史上空前の大会である。

韓国選手たちは男女ともに、陸上、水泳、球技、体操、格闘技等々、縦横無尽に活躍した。

特に、日本選手との対戦には、傍聴席から「ぶっ殺せ《チユギヨラ》」の声援が飛んだ。

映像が終わると、どの韓国人の表情も誇らし気であった。唯一人を除いては――。

もちろん、李退渓である。

「いかがです」

和田は感想を求めた。

「これは、何だ?」

李退渓の顔はむしろ青ざめていた。

「ソウルで開かれた祭典で、何といいますか、体技を競うとでもいいますか、これであなたの国は大いに国威を発揚したんですが」

「国威だと、これがか」

李退渓は怒り、そして涙すら流した。

「これがわが国の末路とは、情無い。大の男が、女子までがあのような恥ずかしい姿で、恥さらしを。一体、道義はどこへ行ったのじゃ、わが国は恥を忘れてしまったのか、あれではまるで倭奴ではないか」

「丁さん、外交官として何か言ったら」

和田はちょっと皮肉を込めて言った。

丁は笑みを浮かべて、

「それは、ただちには御理解頂けないとは思いますが、これはわが民族の誇りでして」

「裸で走るのが誇りか？」

「はあ、それは、列国の中で一番速いということになれば、国の名誉で、その」

「なぜ、速く走るのが国の名誉なのじゃ。走るなら、ウサギや犬の方が速いぞ」

「体を鍛えてですね、その修練の成果を競うわけでして、修練が他国より勝るということは名誉で――」

「何をバカな。そんな暇があるなら、なぜ聖人の道を学ばぬか。四書五経とは言わぬ、せめて『小学』でも読んだらどうか」

「は、はあ」

「それに女子のあの姿。何だ、あれは。恥さらしが。貞淑で温順なわが国の女はどこへ行ったのじゃ。女子というものはな、未婚の時は身を慎み、嫁しては滅多に家を空けぬものじゃ。嘆かわしい。それにそなた、君子は笑みなど浮かべるものでない。巧言令色鮮《すくな》し仁というのを知らんのか」

「は、はっ」

丁も李退渓にあってはかたなしであった。

和田は気の毒だと思いながらも、笑いが込み上げてきて仕方がなかった。

「みんな、反論しなさいよ。この大先生は、ハングルもソウルオリンピックも恥さらしだと言ってるんだから」

しかし、誰も手を挙げなかった。大偉人李退渓の前では、金玄達すらひたすらかしこまるばかりである。

「反論がないなら、証人にはお帰り願いますよ。それで、いいんですね」

和田は金に向って念を押した。

「ありがとうございました。お引き取り下さい」

和田は李退渓に向って一礼した。

「それにしても嘆かわしい子孫どもだわい。礼節すら知らぬ」

ぶつぶつ言いながら李退渓は消えた。

とたんに朴も丁も金も、みんな元気になった。

「卑怯だ」

朴が叫んだ。

「なぜ？」

和田はたずねた。

「四百年も前の人を呼んでくれれば、その価値観はわれわれと大きく違うのはあたり前だ。それを知りつつ李先生を呼び、われわれに恥をかかせた」

「おい、ちょっと待ってくれ、それは違うぞ。ぼくは最初に、李退渓も尊敬し、世宗とハングルを誇りにするという態度はおかしいと言ったんだ。そうしたら、あんたたちが、どうしておかしいんだと言うから、それを証明するために李退渓を呼んだんじゃないか」

「―――」

「これでわかったと思うけど、李退渓あるいは李を中心とする朱子学者と、ハングルの思想とは、まったく相反するものだ。互いに否定し合う関係なんだよ。だから、李退渓も世宗も一緒に合わせて尊敬するのはおかしいと言ったんだ。李退渓を尊敬するなら、世宗のハングルは否定すべきだし、世宗のハングルが正しいなら、李退渓を否定すべきだということになる。一体どっちを取るんだ、ハングルか？　李退渓か？」

和田はまず朴の目を見た。

「ハングルだ」

朴は答えた。

「おれもハングル」

「わしもだ」

「わたしもハングルです」

林、金、丁の三人もハングルを取った。

「じゃ、聞くけど、李退渓の方は否定するんだな」

和田の念押しに、丁は反論した。

「本当に、ハングルと李先生は相反すると定義するしか道はないのか？」

「ない。漢文化を絶対化する両班の出身者で、しかも科挙を通っている奴が、ハングルなんかの価値を認めるわけがないじゃないか」

「し、しかし、しかしだな」

　丁が言葉に詰まりながらも、

「何だい？」

「――オリンピックを否定させるのはフェアじゃない」

「いや、ぼくはそうは思わない。というのは、十六世紀であろうが十九世紀であろうが、朱子学者というものは必ずああいう反応を示すということさ。だから、朱子学を誇りに思っている限り進歩はない、オリンピックも開催し、近代工業国家として名を上げるような進歩の形はない、と言いたかったんだ」

「そう言い切れるのか」

「言い切れる。ハングルがそれを証明しているじゃないか」

「ハングルが？」

丁や朴、それに金や林が顔を見合わせた。

「どういうことだ」

朴がケンカ腰で言った。

「あんたたちが誇りに思っているのを悪いけどね、ハングルの存在自体が、朱子学社会のダメさ加減を証明しているということさ」

「——?」

「さっき少し話に出ただろう。チベットや日本、それにモンゴルなどの『野蛮な』国で、既に八世紀から十二世紀あたりにかけて独自の文字ができていた。それなのに『世界一』優秀な韓民族の国で、なぜ固有の文字が十五世紀までできなかったかということなんだ」

「われわれには吏読《イドウ》があった。口訣《クギョル》も」

金玄達がすかさず言った。

和田はそれに冷ややかな視線を向け、

「先生、あなたは歴史家として、そのことを良心にかけて言っているのですか」

そう言われて、金は明らかにたじろいだ。

「吏読は庶民に普及するようなものではなかった。なぜならあれは漢字の読み方の入門として考えられた発音記号のようなもので、しかも漢字自体を使っている。たとえて言えば日本の万葉仮名のようなものだ。しかし、日本の万葉仮名は万葉集という世界に誇れる民衆歌集を生み出し、のちにカナという固有文字を創造し、源氏物語をはじめとする数々の国民文学を作り上げました。しかし、吏読が何を生み出しましたか？　あくまで、漢字の入門編の役割を果たしただけじゃないですか。吏読を使った国民歌集のようなものがありますか？」

「しかし、ハングルは合理的で完璧な構造を――」

「それは、あたり前ですよ。自然発生じゃなく、十五世紀にもなってようやくできた文字なんだから。学者を総動員して作った以上、他の国の文字より、よくできていなければ、それこそ韓民族の名誉にかかわるでしょう」

「何を言いたいんだ、一体」

「本来、漢語と韓国語あるいは日本語は、まったく言語としての構造が違う。韓国語も日本語も助詞や助動詞を使うが、中国語はそんなものはいらない、語順だけ見ればむしろ英語に似ている。だからこそ、韓国人はもっと早く固有の文字を作ってしかるべきだったのに、なぜ十五世紀まで遅れに遅れたかということを問題にしているんです」

「――」

「それに、もう一つ、世宗だ。世宗を必要としたということも問題です」

「世宗が暗君だとでも言うつもりか」

「そうじゃない、まったく逆ですよ。本来、もっと何世紀も前にできているはずの文字が、世宗という大名君が出てくるまでできなかった。もし、世宗が名君じゃなければ、もっと遅れたかもしれない。これほどあたり前のはずのことに、名君がわざわざ頑張らなくてはいけなかったということは、韓民族の恥ではないかと言っているんです」

「――――」

和田の言葉に誰も反論できなかった。

「しかも、その傑出した名君がせっかく制定してくれた文字が、何百年もの間まともに利用されず、それどころか諺文とバカにされ蔑まれていたことを問題にしたいんですよ」

「だが、ハングルは世界一の文字だ」

うめくように林が言った。

「だから、その世界一の文字を、五百年も不当に貶めていた、あんたたちの精神構造を問題にしているんじゃないか。諺文が、その不名誉な仇名を取り消され、偉大なる文字になったのは、日帝三十六年に入ってからだろう」

「なんだと、日本人がハングルの普及に功績があったとでも言うつもりか」

朴が久しぶりに吠えた。

「そうじゃないよ。外国に攻撃されるまで、自分たちの持っている宝石の価値に気付かなかった、あんたたちは一体どうしていたんですか、それを聞きたいだけだ」

「――――」

朴も沈黙した。

「それが朱子学なんだよ。李退渓のさっきの評価を聞いただろう。ああいう評価に毒されているから、せっかくのハングルが、宝の持ち腐れになったんじゃないか。――これでも、まだ、朱子学体制を自慢するのか、李退渓を誇りに思うのか？　彼等の時代がずっと続いていたら、近代化どころか、オリンピックすら否定されるんだぞ」

「だが、あれは十五世紀の人間だ、いまとは関係ない」

金が必死になって反論した。

「それは違う。十八世紀だろうが十九世紀だろうが、儒者の考え方というものは永久に変わらない、特に朱子学者はね。だから朱子学を信奉している限り、その国は絶対に近代化できない」

「待てよ、それは違う。われわれは、かつての儒教国で、いまは立派に近代化したじゃないか」

朴が言うと、傍聴席からは賛意を示す声が上がった。

「――――」

今度は和田が沈黙した。

朴は力を得て、一層詰め寄った。

「どうした、わが民族の近代化が、おまえの主張はまちがいだということを示しているではないか」

そうだ、そうだ、という声が韓国側から上がった。

和田は迷っていた。

これは言うべきではないかもしれない。

しかし、真実を追求することを第一義とするなら言わねばならない。しかし、さすがの和田もためらった。

「どうした卑怯者、もうネタ切れか」

林は勝ち誇ったようにせまった。

（仕方がない）

和田は大きく深呼吸した。

そして言った。

「韓国が近代化できたのは、日本が朱子学体制を破壊したからだ」

――果たして韓国側から激しい非難の声が上がった。

「私はいままでこんな恥知らずの発言を聞いたことはない」

金が興奮に体を震わせて、

「取り消せ、ただちに取り消せ」

と、胸倉を摑まんばかりにせまった。

「取り消しません。なぜなら、それは事実だからです」

和田は覚悟を決めて言った。こうなったら、とことんまでやるしかない。

「日帝三十六年が韓国を近代化してやったんだ、恩義を感じろ、とでも言うつもりか」

林が血相を変えた。

「恩を着せる気などない。日本は罪を犯している、大きな罪をな。恩などと口が裂けても言える立場ではない」

「なんだと、だったら」

「しかし、韓国が、日本によって朱子学体制を破壊されることによって近代化できたというのは事実だ。事実とは、罪悪にも恩義にも関係なく、たとえ死刑囚が口にしようと事実は事実だ。他に言いようがない」

和田は言い切った。

しばらく沈黙があった。

その沈黙を破ったのは、日本側だ。

「ぼくは和田さんの見方に反撥を覚えます」

傍聴席で若い男が一人立った。

「あなたは？」

和田はそちらを振り向いた。

「駒田と言います。日本大使館に勤務しています」

「意見があれば、どうぞ言って下さい——前に出て来ませんか」

「ええ」

駒田は降りて来た。

「さあ、どうぞ」

和田は先をうながした。

駒田は姿勢を正して、

「和田さんのおっしゃりたいことは、わかるような気がしますけど、やはりそれは口にしてはならないことだと思います」

「その理由は？」

「それは、われわれ日本人が、この国に対してあまりにも非人道的な行為を繰り返してきたからです。それはいちいち数え上げればきりがありませんが、代表的なものを挙げれば、日本公使自らが王宮に乱入し王妃を殺害するという、世界にも類のない破廉恥で残虐な行為、閔妃《びんひ》虐殺(＊)、それから独立運動の大弾圧である三・一虐殺。それに韓民族の誇りを根本から踏みにじる創氏改名。それらの総和としての日韓併合という事実。あなたはソウルに行かれたことがありますか」

［＊日本の韓国駐在公使三浦梧楼が壮士の一団を率いて宮殿を襲い、王妃を殺害した事件］

「ええ、何度も」

「では、御存じでしょう。かつての日本総督府がどんな場所に建っているか」

和田はうなずいた。

それは朝鮮王朝の宮殿である景福宮《けいふくきゅう》の、正門と宮殿の中間に建っている。つまり門から玄関に行く途中の道を塞ぐ形で建っている。

和田は初めて見た時、今までこんな「無礼」な建築を見たことがないと感じた。

「日本の皇居の宮殿と門の間に外国人が建物を建てたら、日本人はどう思うでしょう」

駒田もそのことを言った。

韓国側からすかさず共感の声が聞かれた。

「もちろん、そのことはよくわかっている。それに、日本人はかつて自分の手でそれをやったくせに、けろりと忘れてしまっていることも知っている。日本人は過去のことをみんな水に流してしまうからね。もし、いま、皇居に外国人の一団が侵入し皇后を殺害したら、しかもその指揮者がその国の公使だったら、どんなに大騒ぎになるだろう。その外国はどれだけ非難されるだろう。日本はそれをかつて韓国にしている——」

「それだけわかってるなら、なぜ」

「いや、待ってくれ。ぼくは日本人の一番いけないところはそこだと思うんだ」

「——?」

「つまり、かつての罪があるからといって、相手がデタラメや嘘を言っても耐え忍ぶというのは、結局相手をバカにしてることになると思うんですよ」

「堂々と反論することが、相手の人権を認めていることになると、おっしゃりたいのですか」

「そうだ。たとえば、この間、中国で天安門《てんあんもん》事件があったね」

「ええ」

「あれは虐殺であり、戦後最大の人権侵害事件だと思うんだ。でも、いわゆる先進諸国の中では日本だけが抗議らしい抗議をしなかった」

「少しはしてますけど」

「いや、あれは遠慮のしすぎだよ。あれは民主主義と人権を根本から踏みにじる行為なんだから、かつて日本が中国を侵略したということとはまったく別個に、厳しく糾弾されなければならない。それが人権を守るということだろう。この大目的、大理想のためには、躊躇《ちゅうちょ》するのは、かえっておかしいと思うんだ」

「へーえ、御立派だね」

林が皮肉を言った。

和田はちらりと見て、

「確かに、日本人の感性から言うと、こういう罵言に耐えて、主張すべきを主張するというのは難しいかもしれない。しかし、日本人のもう一つのいけない点は、相手の機嫌を損ねまいとして、気軽に嘘をついたり、相手の嘘にあえて反論しないという点にある」

「そうだ、日本人は嘘つきだからな」

林が言った。

和田はかまわず、駒田に向って、

「たとえば君にも経験があると思うけど、韓国人は『日本には文化がない』とか、『日本には高僧がいない』とか、実にあきれるほど口にする。これは先程から立証した通り明らかにデタラメだ。それも、ほんのわずかでも日本を知れば、すぐにデタラメだとわかるほどの底の浅いものだ。しかし、天安門の例じゃないけど、日本はこういう時に遠慮しちゃって反論しない、これはよくないと思うんだ。なぜなら――」

と、和田は林を見て、

「そういうことをあんたたちが言った時、日本人は心の底でどう思ってるのか、わかってるのか」

「ぐうの音も出ないんだろう」

林が言うと、和田は声を出して笑った。

「何がおかしい」

「違うんだよ、その辺からして大誤解なんだ。韓国人はもしそんなことを言われたら絶対に反論する。反論しないということは、相手の言い分を百パーセント認めたということになってしまうからだ。その韓国流の考え方を日本人にも適用して、日本人はおれ様の言い分を全面的に認めた、とあんたは考えているんだろう。ところが、そうじゃないんだ。日本人が反論しないのは、一つにはまず論争が嫌いだということがある。『和を以って貴しとなす』だからな」

和田は聖徳太子をちらりと見て言った。太子は初めて苦笑した。

「そして第二に、良心の呵責《かしゃく》だ。天安門と同じように、かつて悪いことして迷惑をかけた相手だから、少しぐらい何を言われても仕方がないや、という気分だ。そして、第三に、バカバカしくて反論する気になれないからだ」

「なにを！」

「だって、そうじゃないか。『日本に文化がない』なんてことはあり得ない、それは日本人なら誰でも知ってる。いまさら、反論するのもバカバカしい。あんただって、そうだろう。たとえばここに『太陽は西からのぼる』なんて大真面目に主張する奴が来たら、そうじゃないと反論するかい？　しないだろう、バカバカしくて。そういう時、心の底でどう思うか。『こんな非常識なことを言う奴に反論しても仕方がない。言いたいだけ言わせといてやるか』——それが大方の日本人の気持ちなんだよ」

「畜生、バカにしやがって」

「だから、ぼくは反論している」

和田は真面目な顔で林を見て、それから韓国側の全員を見た。

「ぼくは、それは結局相手をバカにすることになると思ってる。だからこそ反論しているんじゃないか、バカバカしいとは思わずに、逐一ね。それが本当の相互理解につながると思うからやってるんだ。このまま放っとけば、韓国人は日本の文化を知るチャンスが失われるし、日本人は日本人で『韓国人はどうしようもないな』とますます思い込むだけのことだからだ」

一同が再びしいんとなった時、沈黙を破ったのは、今度は韓国側の金玄達だった。

「よし、君の基本的考えはよくわかった。そのうえで言うが、韓国が近代化ができたのは、日本がわが国の朱子学体制を破壊したからだ、という主張には納得できんな」

「どうしてでしょうか」

和田は言った。

「韓国には既に近代化への萌芽があった。日本の手を借りなくても、韓国は自力で近代化できた」

「それは、どうですかな」

また、声が上がった。

皆がそちらを見ると、日本側の傍聴席から、よく日焼けした禿頭の男が降りて来るのが見えた。背広姿で、メタルフレームの眼鏡をかけている。外見は若く見えるが、やはり六十歳ぐらいだろうか。

「いやいや、なかなか有益な討論なので、拝聴していましたがな、わたしも参加させて下さい」

「あんたは?」

朴がうさんくさそうに、その男の顔を見て言った。

「陳行徳、台湾人です。経済学博士、社会学、東洋哲学の修士。いまの研究テーマは『儒教の経済発展に与える影響』というより悪影響ですかな」

「あんたは関係ないよ、これは韓日問題なんだから」

林が不快げに言った。

陳は笑顔で、

「第三者だから、冷静で客観的な意見を出せるという利点もありますぞ。それにわれわれだって日本の植民地支配を受けておる。あなた方は三十六年だが、われわれは五十年だ」

「そうだったな、すまん。こちらへ来てくれ」

林の態度が一変した。

陳は笑顔のまま、

「いや、われわれも日本の植民地支配を受けたのは事実ですが、わたしは被害者としての視点だけで歴史を見たくないのです。感情に溺れて理性を排しても、それは何も生み出さない。特に真理を究明する学者としては、この態度は問題です」

「じゃ、陳博士、あなたはどういうつもりで、あんなことを言ったんだ」

朴が険しい顔で詰め寄った。

「韓国の近代化には日本の力が必要だった、日本の干渉なしには韓国は独力では近代化するのは不可能だった――」

「なんだと、じゃ、台湾はどうなんだ？　台湾は独力でやったのか」

「いいや、それも日本の力なしには不可能でした」

「あんたには、民族の誇りというものはないのか」

朴は怒って叫んだ。

陳は平然として、

「もちろん、あります。わたしだって祖国が外国によって植民地にされていたという事実は口惜しいし、独力で近代化できたら、どんなによかったかと思いますよ。でも、願望と事実とは違います。わたしは学者である以上、それは峻別《しゅんべつ》していかねばならないと思っています」

「なんだと、この――」

「待て」

勢い立つ朴を金玄達は止めた。

「ここは一つ、陳博士の意見を聞こうじゃないか、その上で反論があればすればいい」

「ありがとう、金先生」

陳は一礼して、

「わたしが儒教と近代化というテーマに興味を持ったのは、四匹の竜《ドラゴン》についての研究がとっかかりでした。御存じでしょう、四匹のドラゴンを?」

「韓国、香港、シンガポール、そして台湾ですね。アジアの中で驚異的に発展した四つの国

――」

和田が答えた。

「そうです。その四匹のドラゴンは、どうしてドラゴンたり得たのか、このことについてアメリカの学者や、それに、日本の学者も、儒教精神の賜物《たまもの》などという。わたしはそんなバカなことはあり得ないと思った。アメリカの学者も日本の学者も、儒教体制とはどういうものか知らな過ぎますからな」

陳は和田に向って笑顔を見せ、

「あなたが立証した通りだ。儒教に凝り固まった大官《マンダリン》たちは、新しいものの価値を一切認めようとしない。中華思想に凝り固まり、西洋の優れた技術、道具あるいは思想を頭から軽蔑し、学ばないどころか『野蛮なもの』として排斥しようとする。しかも、彼等は労働を蔑視する。たとえば、清朝の時代、イギリスの外交官が、テーブルの椅子の位置が悪いのをちょっと直したところ、清の大官はそれを見て、イギリス人は下賤なものだと軽蔑したという話。また同じくイギリス人が大官の前でテニスをやってみせ、一緒にやらないかと誘ったら、大官は召使いにやらせようと答えた話とか、大官連中がいかに近代化にそぐわない人間だったかを語る話はいくらでもある。しかも肝心なのは、庶民がこういう階級に反撥するどころか、むしろあこがれていたという事実です。こういう社会では、オリンピックもあり得ないし、優れたＩＣを開発したからといって褒められることもない。しかも、もう一つ。多くの人が見逃している儒教の最大の欠陥、近代化への最大の障害となる属性がありますな」

「なんですか、それは？」

「孝《こう》です。それに『古《いにしえ》を好む』態度です」

「孝は人倫の根本ではありませんか」

金玄達が抗議するように言った。

「そう思われるか、それが儒教世界の最大の落とし穴でな。これは察するに父祖の言うことには逆らえぬ、ということではありませんか。たとえ近代化を欲し、それをやらねば国が滅びるとわかっていても、父祖がノーと言えばすべてつぶされる」

「しかし、それなら父祖を説得すれば――」

「そこが『古を好む』、つまり儒教の根本にあるのは古いものはよく、新しいものは悪いという強固な概念ですな。そのうえに『中国』のものはすべてよく洋夷のものはすべて悪い、という中華思想が加わるともうどうしようもない。近代化など夢の夢、でしょう」

「説得しても、どうしてもダメなんでしょうか」

駒田が言った。

「うん、儒教の保守主義というのは想像を絶するものでな。なぜそうなるかと言えば、儒教の最高道徳である孝と、保守主義は抜きがたく結びついておるからですよ」

「どうしてですか」

「簡単ですよ、孝とはどういうことか考えてごらんなさい。父に忠実だということでしょう。ところがその父にも父がいる、さらにその父にも父がいる、その数々の父に忠実だということは、とどのつまり何代も前の父にも忠実だということにもなる。それはつまり古い時代からのその父祖の生き方、暮らし方、考え方を忠実に継承するのが正しく、みだりに改めるのはよくないということにもなるでしょう」

「なるほど」

「しかも、孝が最高の道徳、つまり人倫の根本なのだから、儒教世界では『改革=父祖のやり方を改めること』は最大の罪悪になりかねない。先程の上杉鷹山の話は実に興味深かったが、儒教の影響の強い社会では、改革というものがほとんど絶望的に困難になることを、あの話はよく示しているのではありませんか」

「このままいけば藩がつぶれるとわかっていても、改革に反対する？」

和田が言うと陳は大きくうなずいて、

「まさにその通り。だからわたしはこう思っています。儒教国は絶対に独力では近代化できない、と」

「でも、日本はできたじゃないか、その上杉藩だって結局は独力で改革したじゃないか」

朴が叫ぶと、陳は冷ややかに、

「それは公正な態度とは言えませんな。あなたは再三、日本は大した国ではないと力説してきた。それなのに近代化に関してだけ、実例として持ち出すのはおかしい――あなたの主張は一部正しいのですよ、日本は、少なくとも儒教においては、大した国ではなかった。むしろ三流の劣等生だった。だからこそ独力で近代化できたのです。上杉藩にしても同じだ。もし彼の藩の執政が李退渓だったら、鷹山もどうしようもなかったでしょう」

「だが、陳博士、あなたの理論はおかしい、もし完全な儒教国ほど独力で近代化できないというなら、香港だってシンガポールだってドラゴンにはなれなかったはずだ。シンガポールはともかく、香港は元は中国、儒教国のはずだからな」

金の言葉に、陳は、

「その四匹のドラゴンに共通する点があるのをおわかりでしょうか」

「――?」

「その四カ国は、すべて一度は先進国の植民地だったということを」

「――!」

「だから、近代化できたのです。つまり、堅牢で、独力では破壊不可能な『保守』部分を外国がこわしてくれた。だから、あとはスムーズにいった、儒教の中の近代化を阻害する部分、つまり極端な保守主義、労働や技術の蔑視が消された。もっとも、組織への忠誠とか礼儀とか、近代化に矛盾しない部分は残り、むしろその国の発展に寄与した。だから、この部分だけに着目して、儒教精神が近代化を促進したなどという学者はいまもいる。しかし、それはまちがいで、確かにプラスにはなったが、近代化の根本要因は外国の干渉にあります。それもなまじっかなものではダメで、その外国の文化や言葉や考え方まで強制されるぐらいの干渉でないと、儒教体制を突き崩すことはできないのです。逆に言えば儒教体制というのはそれほど強い」

「じゃ、中国はどうなんです?」

金は険しい表情でたずねた。

「中国は、外国の干渉は受けたが、植民地化はされなかった。だからこそ未だに近代化できないんです。儒教の枠が残ってしまったからですな」

「奴隷道徳だ！」

朴は叫んで、陳を指さし、

「恥を知れ、あんたは外国の植民地支配を正当化するのか」

「そんなつもりはない。ただ、学者として、事実を追究しているだけだ」

「何が事実だ。ふざけるな」

「わたしの理論がまちがっていると思うのなら、証拠を挙げて反論してもらいたい。わたしは、儒教体制の国が独力では近代化できないという自己の理論を、論拠を挙げて説明したつもりだ。もし反論があるなら、あなたもそうしなさい。もし、あなたの方が正しいなら、確かな論拠に基づいてそれを証明できるはずだ」

「そんなことはな、あたり前なんだよ。論拠など出す必要はない」

「というより、出せないのではないのかな。わたしの理論が正しいことは、いくらでも証明できる。たとえば、あなたは相当な元気者のようだが、父親や目上の人の前で堂々とタバコを吸えるかな」

「それがどうした？」

「質問に答えてくれませんかな」

「吸うはずないだろう」

朴は答えた。

これは韓国では極めてあたり前の、そして誰もが守る礼儀である。

「しかし、近代化とはタバコを目の前で吸うどころではない。教育制度にしても、服装にしても、政治制度にしても、『父祖の道』を全面的に改めることだ。一体、父の前でタバコすら吸えない人間が、そんな近代化などできますか？」

「──────」

朴は言葉に詰まった。

何とか言い返してやろうとするのだが、反論の言葉が見つからない。

「じゃ、あんたは、日本の植民地支配はすべてまちがいとは言えないと言うんだね」

金が言った。

「そうです」

朴は元気を取り戻し、

「何を言ってるんだ、奴等のやったことなんて一から十まで、全部悪だ。一つも我国《ウリナラ》に益になったことはない」

「本気でそう言っているのですかな」

陳は不思議そうに朴を見つめた。

「本気だ」

「日本のしたことはすべて誤りだと？」

「決まっている」

朴はすかさず答えた。

「では、なぜ、あなたたちは一九四五年八月十五日に、大韓帝国を復活させなかったのです？」

「大韓帝国？」

「そうですよ、李王家ですよ。日韓併合当時の韓国の正統な主権者は、国民ではなく李王家だったのでしょう。もし日本のしたことがすべて誤りなら、日韓併合前の状態にすべて戻すのが当然ではありませんか」

朴は口をぱくぱくさせた。目も丸くしている。

「そうなりませんか？　日韓併合当時、韓国人はすべて大韓帝国皇帝の臣民だった。だったら、日本によって滅ぼされた帝国を復興されるのが、臣下としての道でしょう。いかがですかな、金先生」

「それは、もう、民主主義の時代だったから――」

「ならば、立憲君主国の象徴としてお迎えしてもよかったでしょう。日本のしたことが全部悪とするると、当然その悪の中には大韓帝国を滅ぼしたことも入る。ならば、それを形式的にも復活させるのが、日本人より倫理的にははるかに優れた、韓国人の取るべき態度ではなかったのですか？」

「う、それは――」

「そう言えば、韓国人が日本人を非難するのに、いつも王妃殺害のことが入りますね。あの皇后、なんと言いましたか？」

「明成《ミョンソン》皇后（＊）」

［＊閔妃のこと。明成は諡名《おくりな》］

「そう、その明成皇后が日本人に殺されたことをそれほど怒るなら、その主体である大韓帝国が『殺さ』れたことについては、その百倍も千倍も腹を立て一刻も早く再興をはかるべきではありませんか」

「それはそうだが、しかし――」

「それに、日本が韓国に押しつけた学制や医療制度、洋服、鉄道、近代兵制——こういったものはすべて廃止し、元へ戻さなければいけないはずではありませんか。それなのに金先生も朴先生も、いまだに洋夷の服を着ておられる。なぜ、父祖の伝統ある韓国服に改めないのです。それは作業服であり、賤しい人間の着るものではなかったのですか」

「陳先生、あなたのおっしゃることは極端過ぎる」

苦しそうに金は言った。

「極端？　それは違います。わたしは朴先生の極端な主張の矛盾を指摘しているだけですよ」

「わかった、わかりました。先程の言は撤回します」

朴はついに観念して言った。

「それは結構、そもそも人間のやることで一から十まで悪とか、一から十まで善などということはあり得ない。必ず一長一短がある。その得失を、感情に溺れず冷静に判断していくのが、正しい道だと思います。たとえば大陸の中国は諸外国の干渉を排し独立を維持した、これはいいことだ。しかし、そのかわりに香港やシンガポールや台湾のように、先進国の『学校』に入り近代化を学ぶチャンスは失われた、これは悪いこと。また、われわれから見ればこれはいいことだ。もし、大陸が香港のように資本主義の優等生になっていたら、われわれは古代のように、再び大中国の圧力におびえて生きていかねばならなかった。だから、よかった。もちろん、ここだけの話ですが」

陳がそう言って、おどけた動作であちこちを見渡してみせたので、皆笑った。

気が付くと、それは初めての笑いだった。

苦笑はあった。一方的な嘲笑もあった。しかし、本当に楽しくて双方が笑ったのは、これが初めてである。

「勝手に妥協しないでくれよな」

韓国側から声がかかった。

一同はそちらを見た。

若い学生だった。

「別に妥協しているわけではない」

金が言った。

学生は立ち上がって、降りてきた。

「ぼくは崔啓昌《チュケイチャン》、大学生です。この裁判は非常に相互理解にとって有益だと思います。ただ、まだ釈然としないことがたくさんあります。折角ですから、これらすべての問題について、討論して頂きたいと考えます」

「いいとも」

日本側を代表して和田が、

「じゃ、折角だから、君から問題提起をして下さい」

「わかりました」

崔はしばらく考えていたが、

「まず祖国分断の問題です。わが国が北と南に分かれてしまった悲劇について、われわれはいつも日本の責任だ、と教えられてきました。だけど、いままでの話を聞いて、どうもそうではないように思えてきました。でも、日本が分断直前まで我国《ウリナラ》を支配していたことも事実だし、本当のところ、よくわからないんです。先生はこのことについて、どう思われますか。それから、『北』(*)については、どう思われますか。そして、教科書問題についても見解をお聞きしたいし、わが国と日本がどうして仲が悪いのか、その根本の原因について先生の見解をぜひおうかがいしたいと思います」

［*朝鮮民主主義人民共和国のこと］

「いろいろ出ましたね」

和田は金に向って、微笑して、

「さて、どれから始めましょうか」

「祖国分断なら、わたしは日本にはまるで責任はないと思います」

女性の声がした。

それも日本側ではなく韓国側からだ。

それは先程、ハングルについて異議を唱えた女性だった。女性は降りてきた。

「姜貞順《カンチヨンスン》です。いま、日本に住んでます。前にはパリにいたこともありました。独身です」

三十前後の美しい女性だった。

「わたしのような女が、意見を述べることは控えなくてはいけませんか、金先生」

貞順は金玄達に向って言った。

「いや、そんなことはないが」

金は当惑の表情を見せた。

貞順は笑って、

「正直に言って下さい。女はすっこんでいろと、顔に書いてありますよ」

「そんなことはない」

金は再び言ったが、その表情には狼狽《ろうばい》が走った。

「あらあら、無理しなくてもいいのに」

貞順はそう言うと日本側の傍聴席に向って、

「まず、私がなぜ日本に住むようになったか、それからお話ししたいと思うわ。特に日本の女性の皆さんは聞いて下さい。それが、わたしの前提だから——その理由は、韓国の男尊女卑はひどいからなのよ」

「祖国の恥をさらす必要はない」

たまりかねて朴が言った。

「その態度がよくないのよ」

貞順はぴしゃりと決めつけた。

「何を、この——」

「女のくせに？　私はかねがね、教科書などで日本は鬼のような国だと教えられてきたわ。でも実際行ってみると、それはとんでもない嘘だった。日本の男ほど優しく女性を尊重してくれる人はいない、韓国の男とは比べものにならないわ」

「でも、わたしは、日本の男性はうわべは優しいけど、結局のところ女性が職場に進出するのは歓迎してないような気がするんだけど」

日本側の同年輩の女性から声が上がった。

「ありがとう、ようやく日本の女性の反応が聞けたわね、あなたは？」

「高村由起子、ＯＬ、独身、年は二十代後半ってとこかな」

「ちょっと出て来ない。女性がいた方が話しやすいわ」

「そうね」

貞順は由起子が目の前に来ると、

「あなたが日本の男性について言ったことは正しいと思うけど、だからといって韓国の男がいいということにはならないの。韓国の男尊女卑のひどさって、日本人にはとても理解できないと思うわ」

「そうなの」

「まず、処女性の尊重、いや偏重ね」

「日本だって、処女にこだわる男はいるわよ」

「韓国では全部そうなの」

と、貞順はまわりの男をにらんで、

「女性はね、結婚まで絶対に処女を守らねばならないし、もし恋愛結婚をするならば、初恋の男性と必ず結婚しなければならない」

「どうして?」

由起子は不思議そうな顔をした。

「だって、恋愛しただけで、その男性に処女を捧げたとみなされるから、実際に肉体関係がなくてもよ」

「そんな――。だってうまくいかないことだってあるでしょうに。そんな時はどうするの」

「その子はそれだけでもう、処女を失ったとみなされる。ということは、日本で言う『キズモノ』よ。ただ日本ならキズモノでも受け容れてくれる男性もいるけど、韓国では絶対にいない。だからそういう女性は、結婚をあきらめて水商売に入るか、それとも外国に行くしかない」

「ひどいわ」

「ひどいと言えば、わたしの知ってる一番ひどい話は、こうよ、聞いて。ある女性が恋人がいたのに、たまたま知り合った悪い男に強姦されて子供ができてしまったのよ、その両親はその女性にどう言ったと思う?」

「さあ」

「しょうがないから、その男と結婚しろって言ったのよ」

「えーっ、信じられない」

「でしょう。結局、本当に結婚させられちゃったのよ」

「じゃ、恋人は？」

「汚れた女に用はないって、さっさと去って行ったわ。たぶん別の処女でも探しに行ったんでしょう」

「それは極端な例だ」

朴があわてて言った。

「でも、日本で、娘にそんなことを言う両親っている」

「たぶん、いないわね。そんなひどいこと言う両親は」

「絶対にいないわよ。それに妻の地位も低いのよ。だいたい、結婚したら実家からは完全に見放されるし、婚家では戸籍に名前すら載せてもらえないのよ」

「確か、夫婦別姓(*)だったわね。あれ、女性尊重じゃないの」

［*韓国では結婚しても妻の姓が変わらない］

「とんでもない、それこそ大誤解だわ。要するに女は正式な数に入れてもらえないのよ。男の子を産めば、その子供の母としてようやく族譜に載るけど、子供の名はフルネームで載るのに、母は、わたしだったら『その母姜氏』って書かれるだけ、個人名なんて載らないのよ」

「ひどーい」

由起子は叫んだ。

韓国側の男は、決まりが悪そうに目を伏せている。

貞順はその男たちをじろりと眺め回して、

「だいたい、こういう議論に女を参加させてすらくれないの。いまは、日本人もいるから猫をかぶっているけど、韓国人だけだったら、確実に無視されるわ」

「だけど、お姉《オンニ》さん、それが、祖国分断や教科書問題とどういう関係があるんです」

崔青年が言った。

「韓国の男って、威張りくさってばかりいるけど、実がないってこと。教科書で言えばね、そういう男たちが書いた教科書なんて、ろくなもんじゃないわ」

「でも、侵略を進出と書き換えたり——」

「それはほとんどが誤解なのよ。日本の新聞が書き立てたので、それっとばかりに韓国の新聞記者が追随しただけなの。あの時、日本の教科書の実物を手に入れて、ちゃんと確認して批判した新聞社はなかったし、韓国の新聞社がこぞって、日本のある学者を教科書問題で日本政府を糾弾する英雄として持ち上げたこと——和田先生は御存じでしょう。このこと?」

「ああ——ですね。あれは札つきの反韓国文化人ですよ。ことあるごとに韓国には民主主義はなく、住民は独裁者に弾圧されていると悪口を言いまくっている。あの男が韓国マスコミで英雄のようにもてはやされた時は、ぼくもどうしてそんなことをするのかと、不思議に思ったものです」

「韓国のマスコミに自主性がないからです。少なくとも反日キャンペーンについては、感情的に騒ぎ立てることしか考えていません。それに、その方が一般受けして新聞もよく売れるし」

「まあ、公平を期して言えば、マスコミというのは、どこの国でもそういうところがあるんじゃないですか」

和田はとりなすように言った。

「ええ、でも、一社ぐらい、日本の教科書の記述と、韓国の教科書の記述と、どちらが独善的か比べてみるという発想があってもよかったと思います。でも、韓国人はそういうことはできないんです」

「どうして」

「極めて尊大で独善的だから。特に、同国人として一番嫌なことは、何でも他人のせいにするということです。韓国人は絶対に自分の責任を認めません」

「それは言い過ぎだ」

極めて不快そうに金が言った。

「先生、日本には『言いわけの刻まれてない墓はない』という諺《ことわざ》はありませんよ」

貞順は決めつけると、

「おそらく、この中で、日本と韓国の歴史の教科書を読み比べた人は、私ぐらいしかいないのではないかしら」

と、全員を一渡り眺めてから、

「やはりそうね。じゃ、私の結論を言うけど、韓国の教科書の方が歴史の歪曲がひどいわ。第一に韓国が世界一優秀な民族であることを強調し過ぎる。ハングルとか金属活字とか李舜臣の亀甲船とか、そんなに世界に誇れるものかしら。特にハングルはできたのも遅いし、それを五百年もの間有効利用できなかったんだから、むしろそれは民族の恥と言ってもいい」

「一体、おまえは日本で何をして働いているんだ」

突然、丁が聞いた。

「わたし？　わたしは酒場に勤めてるけど」

「バーのホステスか、ホステス風情が何を言うか、デタラメばかり」

「ちょっと待って下さい。その言い方はないでしょう。職業と、その言論の内容の正否とは、本来無関係じゃないか」

　和田が言うと、陳もすかさず、

「また儒教社会の弊害が出ましたな」

「丁君、言葉を慎みたまえ」

　突然、この場では最年長の金が注意したので、丁も朴も驚いた。

「ハングルのことは、この女の言う通りじゃないか。それにわれわれが職業差別の悪癖を持つのも。真理は誰が言おうと真理だ」

「す、すみません、金先生」

「謝るなら、この女に謝りなさい」

「ありがとう先生、でも、どうせ注意して下さるなら、〝この女〟じゃなく姜貞順と言って下さらないかしら。わたしにはちゃんと名前があるんだから」

　金は苦笑して、

「そうだな、では丁君、姜貞順女史に謝りなさい」

「失礼しました」

エリート官僚が頭を下げた。

「いいわ、じゃ続けるわね。韓国歴史教科書の悪いところ第二点、とにかく日本を悪者にし、反日感情を植え付けることに最重点を置いていること。日帝三十六年は事実よ。でも陳先生がおっしゃったように、そこにはプラスもあればマイナスもある。たとえばインドの教科書は、わたしロンドンで見たけど、イギリスの植民地支配について、プラスの面はちゃんと評価している。そういう是々非々の態度を取るのが、正しい教科書じゃないかしら。それから第三に、公平でない。というのは、韓国が日本にああしてやった、こうしてやった、ということは実に恩着せがましく事あらば書き立てるのに、日本も含めた外国からの恩恵は全然書いてない。韓国には民主主義もコンピュータも元からはなかったのに、それがどこから入ってきたのかさっぱりわからない――わたしがフランス人のハングルを習っている友人に、韓国の教科書を見せて感想を聞いたら、彼は何て言ったと思う？　一言こうよ、ナチス・ドイツの教科書みたい、だって」

反論はなかった。韓国の男たちは、あるいは苦笑を浮かべ、あるいは怒りの色を見せながら反論せずに黙っている。

「韓国の教育が自慢話だけで、いかに真実を伝えていないか、証明するわ、崔さん」

と、貞順は学生の名を呼んだ。

「はい」

突然名を呼ばれた崔が何事かと貞順を見た。

「あなたに質問するわね、日本の国土と韓国の国土、どちらが広くて大きい」

「それは我国《ウリナラ》です」

崔は淀みなく答えた。

和田はびっくりして崔の顔を見た。

貞順は微笑を浮かべ、

「丁さん、あなたは外交官だから知ってるわね、彼に教えて上げて」

「日本の方が大きい」

丁はにこりともせずに言った。

崔は驚いて、

「そうですか、でも、北と南を合わせればこちらの方が」

「それでも日本の方が大きいのよ」

貞順の言葉に崔は目を丸くした。

「日本の総面積は三十七万平方キロ、韓半島は北を入れても約二十二万平方キロしかない。五分の三ってところかな。それなのにどうしてあなたは日本の方が小さいと思い込んでいたのかしら」

「わかりません」

崔は不思議そうに首を振った。

「それはね、韓国の教育体系が、常に日本を過小評価しようという方向にあるからよ。日本は小さい、日本人の背丈も小さい、その影響も小さい、そう思い込もうとするから、そうなるの。特に日本を軽蔑するとき『倭』と呼ぶでしょう、あれがいけないと思うんだな」

「倭は『小さい』という意味もあるんでしたね」

和田が言った。

「そうです。名というのは大事だと思うわ。倭、倭と言うたびに、小さい、小さいと思ってしまう。和田先生、韓国人は観光旅行で豊臣秀吉の大坂城を見に行くと、びっくりするんですけど、なぜだかわかります」

「さあ、怒るんじゃなくて？」

「ええ、驚くんです、あの城があまりにも大きいのに」

「えっ、だって、あれだけ大規模な侵略をした男の城なんだから、あれぐらいあっても不思議はないと思うんだが」

「倭のイメージでいくから、意外にも大きいのに仰天するんです」

「でも、あれは、おそらく秀吉の建てた城よりは小さいと思うな。正確にはわからないけど、少なくとも外郭とか堀の部分は、いまの数倍、いや数十倍の広さはあったと思う」

和田の言葉に今度は貞順が目を丸くした。

「そうだ、その秀吉の侵略はどうなったんだ」

林が久しぶりにわめき出した。

貞順は冷ややかにそれを見て、

「みっともない」

と、一言吐き捨てるように言った。

「おまえは一体どっちの味方なんだ、我国《ウリナラ》か日本か」

林が詰め寄った。

「どちらでもないわ、ただ真理の味方よ。ただ人間としてどちらに好意を持っているかと言えば、圧倒的に日本人ね。日本の男性は優しいし、韓国男性のように女を、キズモノの女を虫ケラのように扱ったりしない。わたしは確かに結婚失敗者だわ、そのわたしが生きていく場は韓国にはないのよ。両親すらもわたしを邪魔者にする。だから、わたしは日本に渡った。日本はわたしをあたたかく迎えてくれた――あなたが教科書執筆者なら、そういうわたしたち女の日本行きを、我国《ウリナラ》は美しい女たちを日本に与えてやった、とでも書くのかしら」

林は怒りで顔を真っ赤にした。

「秀吉の侵略は、確かに韓国にとっては痛手だったわ。韓国側に何の罪もないことも事実よ。だけど、あの時代は国家が国家を侵略する時代じゃない。四百年も前の出来事を、いまさら引き合いに出してどうするの。それに侵略というなら、陳先生の御国からも何度もされてるわ。でも、中国には侵略の罪を反省しろとは一度も言わないじゃない」

「いや、失礼しました」

陳がおどけた動作で謝ったが、今度は誰も笑わなかった。

貞順は陳に向って、

「どうお思いになります？　中国は韓国を何度も侵略しているのに、韓国人は何も言わない。

それなのに、日本の侵略についてはこれほど激しく言うというのは」

「それは、客観的に見るならば、事大《じだい》主義による差別意識でしょうな」

「事大？」

「そう、朝鮮の伝統的外交政策です。大に事《つか》えるから事大。この大というのはむろん中国のことなのだが」

陳はそこで一旦言葉を切って、

「つまり中国は韓国の上位にある国だったから、そこから侵略されても、ある程度仕方がないとあきらめる。しかし、日本は韓国より下位の国だ、だから侵略されると腹が立つ。上司になぐられても我慢できるが、家来になぐられると腹が立つ、とまあ、こういう心理でしょうな、どうです、金先生」

「うん、まあ、それは言えるかもしれんが」

「そういう心理の証拠がありますな。壬辰《じんしん》倭乱《わらん》ですよ。確か、韓国では、豊臣秀吉の侵略をこのように呼んでおりますな」

陳の言葉に金はうなずいた。

「しかし、乱とは『反乱』の意味で、ここには『本来家来であるべきものが』という意識が込められている」

「――――」

「しかし、当時の日本は、中国に朝貢もしていないし、ましてや韓国との関係は純然たる独立国の関係だ。だからいくら腹が立ったとはいえ、『乱』という言葉で呼ぶのはおかしいですな」

「でも、わが国はあの侵略で重大な被害をこうむった」

林が言うと、貞順は、

「それを言うなら十三世紀に元が高麗に侵略してきた時も、相当な損害が出ているわ。四百年前のことを問題にするなら、七百年前のことも問題にしなくちゃ不公平というものよ。それにこの時は韓国で船を造り日本へ攻めて行っているのよ、こちらの方が加害者だわ」

「それはやむを得ん、強大な元に降伏しなければ、われわれは皆殺しにされていたかもしれん。しかも、われわれが必死に抵抗したからこそ、元が日本に行くのが遅れ、日本は態勢を整えることができた。われわれは日本に恩恵を与えこそすれ、害は及ぼしていない」

金が答えた。

「やれやれ、またそれなの、いい加減にしたら。何かというと『我国《ウリナラ》』は日本に恩恵を与えたと言い出すんだから。先生、じゃ聞きますけど、高麗や三別抄《さんべつしょう》の抵抗によって元の日本への侵攻が遅れたのは事実だわ。だけど、彼等の頭の中に『日本』があったかしら、抵抗すれば日本への侵攻が遅れるから必死に頑張ったの？」

「――」

「そうじゃないわよね。高麗が元に抵抗したのは、相手が『野蛮人』だったからよ。野蛮人に従うのが嫌だったから抵抗したので、同じ『野蛮人』の日本のことを考えたからじゃない。仮に、日本と高麗が同盟でも結んでいて、それで高麗が頑張ったというなら、日本へ恩恵を与えたと言えるかもしれない。でも、もしそうだったとしても七百年前の話を、いまの韓国人が恩着せがましく言うのはおかしいし、ましてや日本と高麗の間にはそういう関係はまったくなかったのだから」

「なるほど、この方のおっしゃる通りですな」

陳が言うと貞順は微笑して、

「ありがとう、先生」

と、会釈した。

しかし、林はまだ不満気に、

「しかし、秀吉の侵略によって、多くの寺が焼かれたのは事実だ」

「『加藤清正』が焼いた、ね。でも、そのあと四百年間、何をしていたんでしょう?」

「うん?」

「四百年もあったら再建すればいいし、本当に必要なものなら、そうすべきだった。でも、そうしなかったでしょう。それは当然だわ。李朝は仏教を弾圧し僧侶を賤民に落としたじゃない。だから再建させなかったんでしょう。それを清正が焼いたから失くなった、とばかり強調し、その間の事情を説明しないのは歴史教育じゃないわ」

「ミス姜、ありがとう。でも、やはり焼いたから失くなった、というのも事実です。しかも、日本軍が破壊したのは、寺だけじゃない」

「そういうことを言うと、この人たちに突っ込まれるわよ」

貞順が真面目な顔で和田に言った。

「さあ、それはどうでしょうか。もう少し、自分の国の男性を信頼したら」

貞順は苦笑して、

「信頼したいんですけど、この男たちの頭の中は、ここ四百年ばかり変わってないのよね。だから、何百年も前のことばかり持ち出すのよ。国家が近代に入る以前は、どこの国だって侵略したり、されたりなんだから、いちいち古証文のように持ち出すのはおかしいのよ――そう思いません、金先生」

「うん、うん、それは――」

金玄達は複雑な表情を浮かべた。

「昔のことをやたら持ち出すのは、民族が大人になっていない証拠なのよ。もう少し、せめて結婚に失敗した女が、白い目で見られないような社会を実現する教育をして欲しいわ」

韓国の男性たちは皆が決まり悪そうにしていた。

女性に表立って反論するのは苦手なのかもしれなかった。

金がその場を取りつくろうように、

「壬辰倭乱、いや、秀吉の朝鮮侵略について、この際、和田先生の見解をおうかがいしたい」

「そうですね」

和田は言葉を選びながら、

「やはり、あれは一から十まで、日本側に非があることだと思います。独裁者秀吉が、突然の野望を抱き、平和な韓半島を蹂躙《じゅうりん》し、多くの無辜《むこ》の民を虐殺したということは許されるべきではない。ただ、これは正直に申し上げますが、日本人の素朴な感情としては、まだ当事者も被害者も存命している『日帝三十六年』とは違って、ぴんとこないのも事実です。日本人は先祖のことなど、よく覚えていませんから。たとえば五代前の先祖がうちの屋敷を焼いた、だから加害者の子孫のおまえは被害者の子孫のおれに謝れ、と言う人もいないし、言われる人もいない。日本人同士では、そんなことを言う奴は、どこか頭がおかしいんじゃないかということになる。失礼な言い方かもしれないが、これは本当の話です。そして日本人はしばしば世界のどこにもない特殊な論理を奉ずる国民だと揶揄《やゆ》されますが、この件に関して言えば、むしろ特殊なのは韓国側の方で、日本人の方ではないと思います——どうですか、朴先生?」

和田はあえて朴に聞いた。

「それは、何百年も前のことだから、いまさら善悪を論じても仕方がないという意味かい」

言葉はきついが、口調はおだやかだった。

和田は首を振ると、

「そうではない、善悪はむろん論じてもいいが、そのことを現代の事象に結びつけてとやかく言うのは、おかしいのではないかということなんだが——」

「それは、その通りだな」

朴が初めてそんなことを言ったので、和田はびっくりして朴を見た。金も林も丁も貞順も驚いていた。

「先生、それはねえんじゃねえですかい」

林が早速抗議した。

「おれは反省したよ、そもそも君のような人間と論調が同じこと自体、恥じるべきだったんだ。君こそ恩を仇で返した不徳義漢だったのだからな」

「ちょっと待って下さいよ、それはねえよ。朴先生、こんな奴等の味方をするんですか」

「君こそ、いままでわれわれの議論を聞いていなかったのか。聞く耳が少しでもあれば、そんな態度は取れないはずだ」

「けっ、何でえ、愛国詩人朴景水が聞いてあきれらあ。あんたこそ、反日の希望の星だったのに、あんたいつも言ってたじゃないですか。『われわれの苦しみはすべて南北分断に由来し、その淵源は日帝三十六年にある』ってね。あれは嘘だったんですかい」

林の指摘に、朴の顔はゆがんだ。

「それはね、まちがいよ。人間は誰しもまちがいを犯すものだわ」

貞順が言った。

「けっ、女のくせに」

「何よ、その言い方、もう一度言ったら許さないわよ」

「注意する、二度とその言葉は口にしてはならない」

天帝が久しぶりに注意を与えた。

林は首をすくめた。

貞順は勢いを得て、

「ねえ、この際だから、ちゃんと討論しましょうよ。南北分断は本当に日本の責任かどうか」

「お姉さんは、どう思っているんですか」

学生の崔が聞いた。

「わたし？　わたしは日本には一切責任はないと思うわよ」

「そんなバカな話があるか」

早速、林が反撥した。

「じゃ、あなたはどうして日本に責任があると思うの？」

「そんなの、あたり前だ」

「わたしは理由を聞いているのよ、ちゃんと答えなさい」

「決まってるじゃないか、日帝三十六年のせいだ」

林は昂然と答えた。

「じゃ、聞くけど、わが民族が独立を回復したのはいつ？」

「おまえは日本に渡って、そんなことも忘れてしまったのか、祖国独立は一九四五年の八月十五日だ」

「だったら、その日以降のことは、独立国の国民である、われわれの責任でしょう。独立したんだから、もう日本は関係ない」

貞順の言葉に、林は目を白黒させた。

「仮に日本が強大な軍事力を行使して、韓国を二分したというなら、分断の責任は日本にあるかもしれない。でも、あの時の日本はボロボロだったじゃない。それ以後の半島の情勢に一切関与することはできなかったじゃない。それでも日本に責任があるというの」

反論できない林に代わって、和田が、

「ただ、ミス姜。結局、南北分断のきっかけは、日本が八月十五日までねばったために、北からソ連軍、南からアメリカ軍が侵入し、三十八度線を境界に分割占領したことでしょう。もし日本がもっと早く降伏していれば、少なくともそのきっかけは作らずに済んだんではないかな」

「――そうだ、そうだ。この日本人もたまにはいいことを言う」

はしゃぐ林に貞順は、露骨な軽蔑の視線を浴びせ、

「わたし、韓国人の男の一番嫌いなところがそこなのよね」

と、林だけでなく、そこにいる韓国人の男性を一渡り眺めて、

「どうして韓国の男は、何でも人のせいにするのかしら。何事もうまくいかないと、上司が悪い、会社が悪い、政府が悪い、妻が悪い、日本が悪い、ああ、もう沢山。どうして自分にも責任があると思わないの？　全部を人のせいにするってことは、自分は自主性がなく、運命を切り拓く能力もない、最低の男だと言ってるのと同じことよ」

男たちはしいんとしてしまった。

丁が頭を上げて、うめくように言った。

「だが、日本の降伏が遅れたのは事実だ」

「だから、どうだって言うの。それは占領者が日本から米ソに代わったというだけのことじゃないの。そこでわれわれは一致団結すべきだったのよ。団結して一つの国を作ろうとすれば、分割占領なんて吹っ飛ばせたはずだわ。それなのにわれわれは、相も変わらず『党争』(*)ばかりやっていたのよ。理がどうの気がどうのなんて、他に肝心なことがいっぱいあるのに下らな

いことで殺し合いをやっていた李朝のバカ官僚のように。これはわれわれ民族の病気よ」

（＊李朝時代における官僚の政争。朱子学の解釈における対立による。李朝全期を通して常に行なわれ、李朝の衰亡原因の一つとされる）


「しかし、ソ連の力は強大だった。あれを排除するのは困難だ」

丁が言うと貞順は大きく首を振って、

「まだわかってないのね。いくら強大であっても、われわれに本当の意味の団結心があれば、いくらでもはねのけることはできるわ。でも、われわれにはそれがなかった。丁さん、あなた何か勘違いしていない。分断をもたらした最大の元凶は北の金日成《キムイルソン》だわ。金日成は日本人じゃないし、日本人が金日成を操ったわけでもない」

「――――」

「それに金日成には同胞二千万人が尾いていったのよ。だからこそ国は二つに割れたんじゃない。それも日本人のせいだと言うの」

「しかし、その二千万人はいまや金日成の奴隷にされている」

「いまはそうかもしれない。でも、祖国分断時はそうじゃないわ。その証拠に、彼等は南に攻めて来たじゃない。同じ民族が血で血を洗う、六・二五動乱（＊＊）を忘れたの」

「**朝鮮戦争のこと」

「忘れるものか」

林が叫んだ。林にとって、すべての不幸の根源はこの戦争である。

貞順は林の方を見て、

「あの時、『北』側の兵士はすべて自分の意志を持たない奴隷で、いやいや攻めて来たというの?」

「———」

「違うわよね。彼等には彼等なりの信念があった。南を『解放』するという信念。わたしはその信念は絶対に支持しないけど、同胞の中にかつてそれを信じていた人が大勢いたことは事実じゃないの。まったく相容れない二つの主義がある以上、そしてそれぞれの支持者がある以上、国が二つに割れるのは仕方がないことじゃない」

「だが、外国の干渉さえなければ、統一できたかもしれない」

なおも丁が言った。

「その外国を引き込んだのは誰? ソ連を引き込んだのは金日成じゃないの。金日成のやったことは結局われわれ民族のお家芸だわ、金春秋から始まった外国を引き込んで同胞を討つというやり方。外国の脅威に対していつも分裂し、一つになれない情無い国民性。そうよ、それから目をそらしたいために、他の国の人のせいにするのよ。情ない、あんたたち、それでも男なの」

貞順はついに泣き出した。

「金九《キムグ》(*)を殺したのは誰？　呂運亨《ヨウニヨン》(**)を殺したのは一体誰なのよ。それも日本人のせいにする気なの」

［*金九（一八七六〜一九四九）韓国の独立運動家。大韓民国臨時政府主席。反対派によって暗殺された］

［**呂運亨（一八八六〜一九四七）韓国の独立運動家。社会主義者。朝鮮人民共和国副主席。反対派によって暗殺された］

もう誰も反論する者はなかった。

床にくずれおちて号泣する貞順に、朴が歩み寄って肩に手をかけた。

「ミス姜、立って下さい」

いままでに一度も聞いたことのない優しい声だった。

「金とか呂とか、一体誰ですか？」

高沢が小声で聞いた。

「日本の明治維新で言えば、金九が西郷隆盛か勝海舟、呂運亨は坂本龍馬かな、桂小五郎かな、――まあ、そんなところでしょう」

貞順は涙を拭きながら立ち上がった。

朴は頭を下げて、

「わたしは反省します。確かにあなたの言う通りだ。われわれは日本憎しの感情に目をくらまされて、自己を省察することを忘れていたようです。いや、その傾向には、わたしの影響もある。わたしはこれまで日本を中傷する言論活動をしてきた。それが国を愛することであり、正義でもあると思い込んできた。それはとんでもないまちがいだった。わたしのやってきたことは、結局、民族を利するどころか、逆にためにならないことだ。こんな言論で青少年を惑わせば、その害は百世に及ぶ。何でも他人のせいにする自主性などカケラもない人間が育ってしまう。そのことがよくわかりました」

「朴先生」

貞順は感激して朴の両手を強く握った。

「和田先生は、『北』の問題はどのようにお考えになりますか」

貞順の興奮がおさまると、大学生の崔が和田にたずねた。

「そうだね、ぼくなんかにとっては、こんなことを言っては何だけど『日帝三十六年』問題よりはるかに深刻でね。戦後生まれでぼくらより上の世代は、むしろこのことについてこそ韓国に謝るべきだと考えている」

「それはどういう意味でしょう」

「戦後ずっと、『北』の方が韓国より立派な国だと言い続け、その反面、韓国を独裁者の支配する、とんでもない非民主国家だと言い続けてきたことだ。この誹謗中傷の罪こそ詫びなければならないということさ」

「先生も、そうなんですか」

「いや、ぼくは四十歳少し前だけど、幸いなことにそういうことはしていない。ただ、十歳ぐらい上の層や、その上は特にひどいのがいてね。韓国は自由も民主主義もなく、独裁者の巣のような言い方をしている奴が何人もいたな」

「どうしてそうなんですか」

崔は抗議するように、和田をうらめし気に見上げた。

「日本人にも、特にその世代には、自由と民主主義の基本が本当にわかっていなかったからだろうな。考えてみれば、この中には戦前の軍国主義教育を短期間受けた奴もいる。それがいくら民主主義者を気取っても、衣の下から鎧が透けて見えるということだ」

「和田先生、あなたはそうじゃないと知って安心したが、あれはわたしも憤慨したよ」

朴がうって変わって、おだやかな口調で、

「日本の良心と言われる出版社や新聞、それに評論家の中にも、韓国を叩けばいいと思っている連中がいたね。いや、いまもいるのかな」

「本当に恥ずかしい限りだ。いまもいるんだよ。ただ、過去の中傷には口をぬぐっていてね。まあ、日本人もこういう点では実に寛容というかな、いや、だらしないといった方が正確だが、こういう連中を追放したりはしない。その点、日本の言論界は実に気楽な世界だね。なげかわしい限りだが」

「そんなにひどい人達がいるんですか？」

崔が言った。

「いるさ。たとえば、ぼくの先輩作家がこれじゃいけないってんで、韓国の実情を正しく紹介した本を書いたら、そういう連中に何と言って叩かれたと思う？　曰く『独裁政権の犬』、曰く『韓国成金』、どっちが独裁政権かなんてことは、一目瞭然のはずなのに」

和田はうんざりしながら言った。

「どうしてそんなことになるんでしょう」

若い崔の疑問はもっともだった。

和田はしっかり説明しておく必要を感じた。

「戦後、日本のマスコミっていうのはね、戦前の侵略に協力したという反省から、とりあえず政府のやることに、良いも悪いもなく全面反対でいこうと決めたんだな。政治・経済・外交どの面でも、政府のやることはとりあえずすべて批判しておこう、それで結局バランスは取れるという考え方だ。たとえば保守系の政党が政権を取れば野党の味方をし、高度成長政策が提示されれば頭から嘲笑し、政府が韓国を支持すればマスコミは北朝鮮を支持するという行き方さ。もちろんこれもマスコミに自主判断能力がないことのあらわれなんだけれども、それなりに機能してきたことも事実だ。しかし、この世代の中には、社会主義や共産主義を理想の進歩主義だと誤解している連中がいて、そういう連中が何かというと韓国を叩き、韓国は最低の国だという観念を事あらば国民に植え付けようとしていた」

「ひどい、どうしてそんなことをするんです」

「この連中は、真の民主主義ということが全然理解できないからさ。だから、そんなとんでもないことをしても良心に恥じない」

「先生、真の民主主義って、どう判断すればいいんですか。わが国にはあるんでしょうか」

「うん、そりゃ、いろいろと問題はあるにしても、『北』とは比べものにならないほど立派な民主主義がある」

「先生はそれをどうやって判断されるのですか」

「簡単だよ。これは実に簡単な方法だから、覚えておくといい――君は、この言葉を知っているか。『たとえ私があなたの意見に反対でも、あなたがその意見を述べる権利を私は尊重する』」

「モンテスキューですね。『法の精神』」

「そうだ。では、この精神を制度化するとどういう形になる？」

「――？」

「複数政党制だ。野党の存在だよ」

「ああ」

「野党といっても、あくまで合法的なものでなくちゃいけないぜ。国会があり政権を担当する党の他に、同じく国会に参加でき、議席で多数を占めれば政権交替もあり得る。それが複数政党制における野党だ。しかし、これは口で言うは易いが、実現は大変だ」

「どうしてですか？」

「政治権力者というものは、どこでも批判者・反対者を嫌うものだ。これは当然だろう？　ところが野党というのは、そういう連中に、自分と同じ政治的権利を与えるということだからね。恐くないかい？」

「恐い？」

「そう。近代以前の国家では、時の政府に反対するということは、どういうことだった？　めったにできることじゃない。権力は一つしかなく、反対者はそれに参加する機会を奪われているんだから、反対イコール反逆とされる可能性が大だ。国家に反逆すればだいたいどこの国でも死刑だよ。しかも東洋では自分だけじゃ済まない。一族郎党皆殺しだ。だからもし反逆するとすれば、それを覚悟でやらねばならない。そして自分が勝ったらどうする？　当然、相手を皆殺しにしておかねば危険だ。そうしておかないと今度は自分の子や孫が同じことをされるかもしれない。だから前近代社会では、権力闘争というのは必ず殺し合いになるし、一つしかない権力の座が確定した時、それに代わり得る勢力は必ず粛清の対象になる。殺されるか奴隷にされるか牢にぶち込まれるか、いずれにせよ『消して』おかないと、権力者は安心できない。わかるだろう」

「はい」

「ところが、ここで野党という存在をもう一度考えてみよう。野党とは、権力を保持している側から見れば、自分にとって代わり得る者、自分を粛清する可能性のある者じゃないか。こういう人間に自分と同じ政治的権利を与えることができるか。少なくとも、殺し合いしか知らない連中には無理だ。彼等は野党の存在すら認めないだろうからね。では野党が存在し得る条件とは何か、何だと思う？」

「法治ですか」

「そう、その通り。もう一つは人権だ。たとえばアメリカには共和党と民主党がある。いまの共和党に代わって民主党が政権を取ったとして、その民主党が共和党の人々を皆殺しにしたり裁判もなしに監獄にぶち込んだりすると思うかい？　思わないよね。第一、そんなことは法律上許されないし、人権の観念が確立していればそんなことが行なわれるとは夢にも思わないよね」

「はい」

「ところが、こういう基礎条件が確立していない国はどうだろう。相手にうっかり権力を渡せば、自分が殺されるかもしれない。文明国ならそんな心配をする必要はまったくないが、法治も人権も確立していない国では、どうしても不安や恐怖が先に立つ。反対派を放置しておけば、いずれこちらの方が監獄にぶち込まれる。それどころか子や孫もあぶない。だったら、そういう反対派はいまのうちに全部抹殺しておこう、という考え方にもなる。これが実行されたのが『天安門』だよ」

「ああ、そうか」

「あの時、香港の新聞に、鄧小平《とうしょうへい》は『十万人殺してもかまわない』とうそぶいたという話が載った。確認したわけでもないのに、日本のマスコミはこの報道に頭から否定的だったけど、中国の歴史を知る者にとっては納得のいく話なんだ。あの国は有史以来、平和裡に政権交替したことは一度もない。もちろん禅譲《ぜんじょう》という形式を踏んで王朝が代わったことがあったが、あれは一方が一方の家来になるということであって、相互に対等なものじゃないし、戦前、共産党と国民党が協力していた時期もあったが、この二つの政党が法律によって同じ議会の中で政権のやりとりをしていたわけじゃない。だから複数政党制とは言い難い。結局、一度もないのさ。だから鄧小平は不安で仕方がない。いつ自分の権力が武力で奪われるか。文明国の人間なら、心配しなくてもいいことを心配しなけりゃならない。権力の座を守るための法律を作っても、自分が法律を踏みにじってきたから、信頼することができない。だから法律外のところで自分の権力強化のために画策する。法治ではなく人治の国になる。だが、彼もいつかは死ぬ。その次の権力者はどうするだろう？　不安を克服して複数政党制への道を開くか、あるいは鄧小平と同じ道を行くか、そうなれば地獄だ。同じことの繰り返しになる。中国人民はいつまでたっても救われない――」

和田はそこで笑みを浮かべ、

「だから逆に言えば、韓国のデモクラシーは大したものなのさ。同じ政党の中とはいえ、武力に依らず法律に依って政権が交替した。あれで前の権力者を罪に落とさなければ、本当はもっとよかったんだけど、まあ実際罪を犯していたようだし、仕方がないか。とにかくはっきり言えることは、合法的な野党の存在しない国に民主主義などあり得ないということだ。これは一つも例外はないよ。たとえ国号に『民主主義』を冠そうが『共和』と言おうが、野党のない国に民主主義はない。これは断言できる」

「わが台湾では野党の存在が認められています」

陳がにこにこしながら言った。

「我国《ウリナラ》にもね」

朴も言った。

和田はうなずいて、

「そう。だから、一党独裁の中国や『北』には民主主義はない。ソ連も、複数政党制を完全に運営できれば民主主義国家と言っていいだろう。ポーランドはそうなった。ここでもし人民のためだと言って、与党の『連帯』が他の政党を非合法化すれば、民主主義は消える。これは本当によくわかる民主主義の尺度なんだ。ところが、日本のいわゆる進歩的なマスコミ、大新聞の論説委員や一流出版社の記者で、これがわかっていない奴がいるんだよなあ。本当に情ない話だが」

「でも、どうしてそうなの。ことは明白なのに」

貞順が憤慨して言った。

「一つは、日本のそういう連中が本当に民主主義がわかっていなくて、むしろ理想の王者による独裁にあこがれる傾向があったということ。それからもう一つは、目先の現象に振り回されたんだろうね」

「目先の現象?」

「うん」

と、和田は、外交官の駒田と丁をちらりと見て、

「丁さんの前でこんなことは言いたくないが、かつて日本で、韓国の野党の指導者が、まったく非合法的に拉致《らち》されるという事件があったでしょう?」

「それを反省し謝罪しろと言うのか」

すかさず林が言った。

和田は大きく首を振った。

韓国側の人間もそういう林に非難の視線を向けた。

「林君、黙って和田先生の話を聞きなさい。先生はそういうことをおっしゃりたいのではないはずだ」

金がたしなめた。

林はしゅんとなった。

「ええ、そうです。ぼくは昔のことを謝罪しろという趣味はありませんから、いや失礼。これは失礼な言い方だったな」

「いや、どうぞ先を続けて下さい」

「すみません。ぼくが言いたいのは、あの事件は、そういう韓国を叩こうとしている連中に、絶好の口実を与えたということです。韓国には自由がない、無法者の国だ、独裁者のやることはあんなものだ、とかね」

「なるほど、そうでしょうな。無法な行為であることは事実なのだから」

金は淡々とした口調で言った。

「もっとも、その時代でも、『北』の方がより民主的だったということはあり得ません。そもそも野党もないし、国民が自由に出国できない国と、少なくとも野党がある国と同列に論ずることはまちがっていると思うのですが。どうも日本人は昔から抽象的なものに弱くて、目先の現象に振り回される傾向があります。実際に目の前で起きた一つの事件の方を、当然想像されるが明るみに出ない百の事件より重んじてしまう。悪い癖です」

和田は残念そうに言った。

「いや、それはこちらも悪かった。それだけ派手なことをすれば、どうしても印象は悪くなります」

「金先生にそう言って頂けると少しは気が晴れますがね」

和田はうれしそうに言った。

「それにしても日本のマスコミはどうして、そうなんでしょうね」

丁が口惜しそうに言った。

「これからは変わってくると思います。日本にも、昔と違って生まれた時から民主主義で育った世代が出てきていますから——もっとも、これはこれで別の問題がある」

「と、言いますと？」

「この人たちは、韓国を罵倒した世代を見て育ってますから、それが誤りだということも少しずつわかっている。一方、いやしくもジャーナリストなら、戦前の日本人が韓国に何をしているか少しは知っている。で、今度は逆に遠慮しちゃうんですよ。たとえば、『日本に文化がない』などと言われても反論しない。いや、反論すべきではないと考える。これは戦前派の良心的な人々にも見られます。しかし、ぼくはこれではいけないと思う。それは結局相手におもねっているだけだと思うんです。それは真に互恵平等な関係を作ることには寄与しない——そう思いませんか、朴先生」

「いや、その通りだね、和田先生」

朴は大きくうなずいた。

「遠慮とは、たとえばどういうことを指すんですか？」

崔がたずねた。

和田は苦笑して、

「たとえば公平に見て、明らかに韓国側に非があると思われることでも、正しく報道しないとかね」

「実例を教えて下さい」

「困ったな。どうしても悪口を言うことになってしまうんだが——」

「でも、だからと言って、それを言わなければ、相手におもねっていることになりますよ」

「これは、一本参ったな。その通りだ。じゃ言うけど、たとえばこういうことがあったね。犯人探しをするつもりはないから、オリンピック以前に韓国で行なわれたスポーツの国際大会とだけ言っておこう。種目はゴルフだ、韓国選手と日本選手が対決した。日本選手がボールを少しはずしたところに打った。そしてロストボールになった、無論勝負は負けだ。問題はなぜロストボールになったかだが」

「観衆《ギャラリー》が日本選手のボールを隠したんだ」

崔が叫んだ。

「そう、これはそもそもスポーツのルールにのっとってやっているものだからね。いくら『日帝三十六年』があっても、それとは別だ。もっとも、ぼくも韓国選手と観衆がグルだとは思ってないよ。だけど、それゆえに韓国選手はむしろ気の毒だと思う。これは紳士のスポーツなんだから」

「それを日本側はどう報道したんです」

「正確に言えば、しなかった。幸いにも、勝負としては、それほど重要なものではなかったから。反韓キャンペーンをやるとしたら、これにまさる材料はないんだけどね。日本のマスコミはそういう状態からは脱した。ただし、ぼくに言わせれば、事実を事実として客観的に報道する姿勢は、まだまだだと思うね。この報道をしなかったのが、その典型だ」

「どうして、事実を事実として報道しなかったんですか？」

「うん、それは日本のマスコミの病弊と言ってもいいんだけど、たとえば日韓友好あるいは日中友好という大目的があるとするね、そうするとその推進に有利な事実だけ報道して、それに反する事実は報道しないか、あるいはささいなこととして極力小さく扱うという態度がある。これはジャーナリストとして、ぼくは一番いけない態度だと思うんだ」

「なぜですか、日韓友好はいいことじゃないですか」

「いや、違うよ。崔君、これはぜひ若い人には覚えておいてもらいたいが、そういう態度はまちがっている。なぜ、まちがっているかと言うとね、これは大局的見地から見て正しい目的のためなら、報道する事実の取捨選択が許されるという考え方だろう。じゃ、この『正しい・正しくない』は誰が判断するんだ?」

「それは、マスコミ自身でしょう」

「じゃ、マスコミ自身の判断がまちがっていたらどうする? まちがっている方向へ世論を誘導してしまうじゃないか」

「―――」

「たとえば、むかし日本は戦争をしていた。『聖戦』と称していた。大局的にみれば『正しい』ことだ。だから日本のジャーナリズムは、その完遂に有利な事実は大々的に報道したが、不利な事実はほとんど報道しなかった。たとえば韓国人が日本の植民地政策をどれほど嫌っているかは知らせずに、対日協力者のことばかり取り上げた。親日派がいたのは事実だ。ただ問題は、そちらの情報ばかり取り上げて、圧倒的多数の反日派の情報を取り上げなかったことだ。このため戦前の日本の中には、本当に日本が韓国に感謝されていると思い込んでいた日本人もいたくらいなんだよ、そういうやり方を君は正しいと言うのかい」

和田は一息つくと、

「ついでだから、もう一つ言ってしまおう。ソウルオリンピックの時、ボクシング競技で、韓国人コーチが審判に殴りかかるという事件があった」

林が露骨に嫌な顔をした。

和田はひるまずに、

「この事件を日本は大々的に報道した。日本だけじゃなくアメリカも報道した。全世界も報道した——それなのに、韓国の新聞の論調は日本で反韓キャンペーンが行なわれているというものだった。残念だったね、実に残念だったよ」

「反韓キャンペーンじゃないか、あんなに非難するのは、おれもテレビで見たぞ、日本の報道の熱狂ぶりは」

林は抗議した。

「非難と批判は違うよ。非難は相手を侮辱するためにするものだが、批判はむしろ相手によくなってもらうためにするものだ。これは日本の図書館にでも来てもらって、ソウルオリンピックの記事を全部調べてもらえばわかることだが、あの事件以前の記事は隣国で盛大な大会が開かれることを素直に喜ぶものがほとんどであり、韓国を好意的に紹介する記事で満ちあふれていた。もっとも、それが行き過ぎて、先に挙げたゴルフのような記事は載せられてはいなかったけどね」

「それが一転して反韓キャンペーンになったというわけか」

「そうじゃない。あれは正しい報道だ。過去のオリンピック史上で、あんな事件があったかい？　前代未聞のニュースだったからこそ、大々的に報道したんだ。それにこれは言いづらいが、批判としてあえて言おう。あれは文明国では起きてはいけない事件だった――」

和田は一呼吸おいて、韓国側の反応をうかがうと、

「オリンピックというのは文明の祭典だ。文明というのは、共通のルールを守るところに存在する。早い話が、スポーツ競技では審判の言うことに絶対従うというルールがある。もちろん審判も神ではないから、まちがうこともあるし悪意をもって判定を曲げることもあるだろう。しかし、それでも絶対に従わなければならない。そうでなくてはスポーツなど成立しないからだ。野球でもサッカーでもボクシングでもラグビーでも、あるいは水泳や陸上競技のようなものでも、審判は必要だ。審判はルールであり、その判定に不服があるなら、ルールによって抗議すべきであって、まちがっても暴力はふるうべきではない。たとえ誰の目で見ても審判の判定がおかしいという場合でもだ。ルールを守るということを、社会に拡大していけば、それは法治国家ということだ。法治は文明国の必要条件の一つだ。逆に言えばルールを守らない国は、法治国家でないということになる。そこで全世界は衝撃を受けたんだ。いかに立派な施設を誇示しようと、いかにメダルをたくさん取ろうと、ルールを守らない国に文明はないはずだ。韓

国はもっと文明国じゃなかったのか。心の中でそう思っていたからこそ、むしろ激しい非難、じゃなかった批判を浴びせることになる。そう思っていたからこそ、だよ」

「じゃ、韓国は野蛮国ということではないか、バカにするな」

「バカにはしてない。もっともアメリカの一部の報道では、だから野蛮国だと決めつけ、韓国人が補身湯《ボシンタン》(*)を食べるところのVTRを流して、その証拠としてたな。これは失礼だし、まちがったやり方だと思うけど、日本があの事件を大々的に報道したのは、まちがってないよ。文明国にあるまじき行為、『道義』の国の民がどうしてあんなことをしたのか、それにオリンピック史上前代未聞の事件ということ。目新しいこと、意外なことは大々的に報道するというのは、どこの国のマスコミでも当然のことだ。だから、反韓キャンペーンじゃないんだよ。反韓キャンペーンというなら、事実を曲げるか、あるいはアメリカのように誇張して報道するという側面がなくてはならない。しかし、日本は事実を事実として、ニュース価値に見合った報道をしただけだ。それにぼくは、このとき日本の報道姿勢に感心したことが一つあってね」

[*犬の肉を使った韓国の名物料理]

「それは何ですか?」

丁がたずねた。

「だから韓国はダメなんだ――という、戦後マスコミで執拗に語られていた韓国ダメ論が、この時、顔を出さなかったことだ。報道はした、しかし、そのこととそういう主張を結びつけるような論調はほとんどなかった。そういう意味では非常に冷静で客観的な報道だったように思う――だからこそ、韓国のマスコミがそれを反韓キャンペーン視したのが、残念なんだ。韓国人のそういう反応を知れば、日本人は当然次のように考える、『韓国人というのは批判を一切受け付けない民族だな』と」

沈黙があった。

その沈黙を破ったのは金だった。

「いや、おっしゃる通りです」

金はむしろ口惜しそうな表情で、

「そのことは、わが民族の最大の欠陥かもしれん。大した根拠もなく自己を世界一の民族だと考え、批判されればすぐに反撥し、それを受け入れて自らの改善の資とする態度はなく、何かというと他人のせいにしたがる――どうしてわが民族はこんなことになってしまったのか。これは、わが民族固有のどうしようもない天性なのか」

言っているうちに金は興奮して、判事席の檀君のところに駆け寄って土下座した。

「檀君、どうかお教え下さい。どうして、わが民族はこのようになってしまったのですか。一体どうして？　その理由をぜひともお聞かせ下さい」

「わしが話すより、その日本の作家に聞きなさい。どうやら、わかっているようじゃ」

檀君がおごそかに言った。

金は顔を上げて、今度は和田に向って、

「では、和田先生、どうかお願いだ、教えて下さい」

和田はあわてて床に膝をつき、

「どうか、お手を上げて下さい、先生。日本人の若造にこんなことをしたのが知れると、社会的地位を失いますよ」

和田は冗談めかして言ったが、金は真剣だった。

「いや、これまでの無礼はすべてお詫びするから、教えてもらえないだろうか」

「無礼を詫びるのはこっちの方です。とにかく、お立ち下さい。これでは対等互恵の関係とは言い難い。立って頂けたら、お話ししましょう」

それを聞いて金はようやく立ち上がった。

和田は金をもとの位置に連れていき、

「これから申し上げることは、あくまで私個人の意見として申し上げるので、お教えするのではありません。そこのところをおまちがえないように」

と、一言断わってまず崔を見た。

「崔君、君の疑問とも関係あるから、よく聞いてくれ」

「はい」

「『北』の体制というものを、よく考えて頂きたいのです。あそこは唯一人の権力者が国民全体を支配していますね。複数政党制、つまり野党もなく、一切の批判に耳を貸さない。もちろん国内的にも権力者に対する批判は一切許されない。失礼な言い方をあえてしますが、これは韓民族の持っている一つの属性を、極限まで推し進めたという気がしませんか」

韓国側は妙な顔をしていた。いままで、そういうことを言われたことは一度もなかったのだろう。

「もう一つ、『北』の制度の問題で言いますと、朝鮮労働党（共産党）に属する、選ばれた少数の党員が、愚かな一般大衆を指導し善導するという形、これもどこかで御記憶ありませんか？――どうだい、崔君」

「科挙ですか。科挙で選ばれた士大夫というエリートが、人民を指導する――」

「そう、それだ。ぼくに言わせれば、中国大陸と韓半島に、二十世紀になってそれぞれ共産主義国家が出現したのは、決して偶然ではない。これらの国には、少数の選抜されたエリートが多数の大衆を導くという伝統があった。儒教にはもともとそういう考え方があり、科挙と朱子学でそれがさらに強化された。そういう伝統があったからこそ、共産主義がすんなりと受け入れられたんだ。朱子学も共産主義も、野党は認めず、その思想に精通しているというエリートを選んで、人民を指導させる。当然、そのエリートは人民より高い地位に置かれ、エリートと人民が平等だということはあり得ない」

「でも、選ばれた人間が大衆を支配するというのは、中国、韓国に限らず、近代以前は世界中どこにでもあったではありませんか、それこそ日本にも」

「それはね、選び方が違うんだ」

「――?」

「日本には科挙がなかった。いや、採用できなかった。おそらく同時代のヨーロッパでも、無縁だったろう。だから、封建時代があった。封建領主というのはね、結局ケンカに強い奴のことなんだよ。ケンカに勝ち残った奴が、自分の子孫に戦利品を伝えていく。そこには何ら思想もなければ正統性の根拠もない。それじゃいけないってんで、あとから付け加えたりしたけど、当初は何もない。中国や韓国はそうじゃないだろう。まず思想ありきさ。少なくとも科挙が成立してからはそうだ。まず、国をどう治めるべきか政治はどうあるべきか、王や官僚や人民はどうすべきか、という思想がちゃんとある。そしてその思想に精通している人間を、何らかの手段で選び出す、こうして選ばれた人間が大衆を指導する。こういう政治形態は日本にもヨーロッパにもなかった。しかし、残念ながらこういう体制の中からは民主主義は絶対に生まれない」

「どうしてですか?」

「科挙で選ぼうと特別の思想教育で選ぼうと、選ばれた者にはエリートとしての誇りがある。それはわかる?」

「ええ、わかります」

崔は素直に答えた。

「ところが、民主主義っていうのは、よく考えてみれば人間の可能性、高貴性を否定した主義だと思わない? こんなことを考えてみたことはないか?」

「どうしてなんですか、ぼくは民主主義というのは、いい制度だと思いますが」

「ぼくも、そう思うよ。ただ、よく考えてみると、一人一票だろう? どんな立派な人間も、君子、士も、農・工・商や賤民に至るまで、平等だ。李退渓だろうが世宗だろうが、犯罪者だろうが、無教養なヤクザだろうが、全部平等だ。よくよく考えてみると、これは人間の可能性を否定している。一生懸命勉強して試験に合格した人、あるいは世宗大王のように明らかに優れていると万人に認められる人、こういう人と巷《ちまた》のオッチャンが、民主主義の中ではいっしょくたに扱われるんだ。どうだ、これは人間の可能性を否定しているとは思わないか」

「そう言われてみれば、そうですね」

崔ばかりでなく、金たちもいまや和田の話に聞き入っていた。

「ところが、儒教には逆の信念がある。これは朱子よりずっと古いと思うけど、人は生まれによらない、人は学ぶことによって一段優れた存在になれるという発想がある。どんな人間でも聖賢の道を学ぶことによって君子になれるということだ。これは人間の可能性を認めている。これについてはどう思う?」

「いい思想だと思いますけど」

和田は笑って、

「ところがこの思想にはとんでもない落とし穴があるんだ。人間は学ぶことによって君子になれるとは、逆に考えれば、学ばない奴は立派な人間じゃないということになる。同じく学ぼうとしない奴、学びたくてもたまたま学べなかった奴、あるいは『学ぶ』ことをまったく知らない外国人、これ全部『立派な人間』じゃないことになる」

崔は息を呑んだ。

「しかも、その『学ぶ』内容は、『聖賢の道』に限定されている。もっとはっきり言えば四書五経それに朱子の著作だ。だから余計、外国人はダメだ、内面のからっぽな野蛮人だということになる。また韓国の中でも、これ以外のこと、たとえば『跆拳道《テコンドー》』とか『マイクロチップの作り方』なんてのは、いくら学んでもダメなんだよ。農・工・商だって、いや、むしろこちらの方が社会には不可欠な存在なのに、士は農工商を不可欠性ゆえに尊敬するどころか、本当に大事なことを『学んで』いないという理由で軽蔑する。そういうことを学んでいる士だけが、あとの人民を導くことができると錯覚する。この錯覚に輪をかけるのが、科挙だ。科挙とは何だ、科挙で選ばれたエリートとは何だ。これは結局、国家の採用した統治思想をどのくらい身に付けているかという度合いで、人間を選別するという発想だよ。だから、ごらん、この意味でも、ソビエトや中国や北朝鮮で行なわれている、選ばれた党員が大衆を指導するというのと同じだろう。問題はここだ、そういうエリートは、自分が大衆とは違うという意識が濃厚にある。そういうエリートたちのところへ行って、人はみんな平等だ、一人一票の政治制度を採用しようと言っても、賛成すると思うかい?」

「絶対にしませんね」

崔は確信に満ちた表情で言った。

「ぼくも、しないと思う。納得しない人がいるなら、なんならここでもう一回、李退渓をはじめ著名な朱子学者や李朝時代の官僚を呼んで、一人一人聞いてみてもいいけど、どうしますか」

「いや、それには及ばないでしょう」

金が言った。反論もなかった。

「ありがとう。一言、注釈を加えておくと、この思想はその当人の性格、たとえば温厚だとか篤実だとかということとは一切関係ない。朱子学、いや儒学を信奉する以上、どうしてもそうなる。たとえば温厚な儒学者が民のためを考え、いろいろな努力をしたとする。しかし、それは民を労《いたわ》らねばならないという発想に基づいてやっているので、自分がその民と同等の政治的権利を持つ、あるいは持つべきだ、とは夢にも考えていないはずだ。士大夫は国家の官僚となり政治に参画し、それ以外は『指導されるべき』大衆だからね。特に小説家なんてのは、下の下だな。ねえ、丁さん」

言われた丁はあわてて言った。

「いえ、そんなことはありません」

若い崔は不思議そうに、

「どうして小説家は下の下なんですか？」

「はは、それを知らないか。これは科挙の歴史を調べればすぐにわかることなんだけどね。まず、小説というのは差別語だというのを知ってるかな？」

「いいえ、知りません」

「とるに足らない小人の言説ということだよ。もちろんこう言ったのは儒者だ。儒者と小説家は不倶戴天《ふぐたいてん》の仇敵かもしれないな」

と、和田は言葉と裏腹に笑いながら、

「儒教は真理を尊び真実を重んじ、饒舌を嫌い、心の清潔さを大切にする。ところが、どうだ、小説とは虚構《フイクシヨン》だ、もっとはっきり言えば嘘ばなしだ。そのうえ、人間性というものを追究するために、人間の暗い部分をあえて書くこともある。しかも、くどくどと。考えてみれば、これ全部、儒教の徳目に反するんだよな。儒者から見れば、小説家とは、巧言令色、人間性の悪い面ばかりをあげつらう、とんでもない嘘つきだということになる。同じ文芸でも詩ならいいんだけどね」

と、ちらりと朴を見た。

朴は決まり悪そうに笑った。

「どうして、詩ならいいんですか」

「詩は真実を語る文芸だからだよ、小説のような嘘じゃない。それから、これが一番決定的なんだが、詩は科挙の受験科目にあるが、小説はない。もっとも、この詩はハングルの詩じゃなくて、あくまで漢詩だけどね。そういう意味で、韓国の文芸は気の毒だったね」

「それは、どうして?」

「中国ならいい、漢詩は自分の国の言葉だ。士大夫が詩作に励めば、それは民族共通の財産になり国が続く限り残っていく。しかし、韓国では日常使われている言葉と、詩作の言葉が違う。そのうえ、士大夫は詩以外の文芸をバカにする。こういう状況の中では、一流の人材が詩だけに流れる。従って小説や戯曲のいい作品は生まれず、詩だけが隆盛になる。その詩も外国語だから一般には親しまれず、いまのようにハングル時代になると忘れられてしまう」

「おまえ『春香伝《チュニャンジョン》』(*)を知らないのか、わが国を侮辱すると許さんぞ」

[*李朝のハングル小説。作者不詳。妓生《キーセン》の娘と官僚の恋物語]

林がまた言った。

日本のみならず韓国側の人間も、うんざりした表情で、林を見た。

朴が林に何か言いかけるのを、和田は制して、

「もちろん知っている。ただ、科挙さえなければ、士大夫の中国文化偏重さえなければ、韓国の国民文学はもっと盛んであったに違いないよ。いや、実際はもっと盛んだったんだよ。というのは、いま三国時代の歌がほとんど残ってないだろう。しかし、あの時代の日本には『万葉集』という何千首もの歌が入った国民歌集が残っているんだから、それより文化程度の高かった韓国には、もっと多数の民族歌が残されていても不思議はない。結局、本来ならそういうものを保存すべき知識階級が中国文化一辺倒に走り、自国の文化を賤しいものとして捨ててしまったんだろうね、なにしろ中華思想だから」

「そ、それはおまえの想像に過ぎない」

「でも、確度の高い推論だとは思わないか、こういう事実があるんだ。中国の文学史において、文芸復興《ルネッサンス》とも言うべき時期が一つある。元の初期だ。この時代に多数の文芸作品、特に戯曲が多数作られた。わざわざ『元曲』と呼ばれているほど有名なんだけどね、どうして、この時代にそんなに文芸が盛んになったと思う？　崔君、わかるかい？」

「政府が文芸を奨励したからですか」

「とんでもない、実態はその逆さ。彼等は文化にはあまり関心がなかった」

「――?」

「モンゴル人の作った征服王朝だからね、漢民族の文化をバカにしていた。だから初めのうちは科挙を採用しなかった。そこで人材が文芸方面に流れたんだ。科挙の存在がいかに大きなものだったか、この一事でよくわかる。もし、李朝時代に科挙がなかったら、もっと素晴らしい文化の花が咲き誇っていたに違いない。科挙のある国では、人材がすべて官界に流れてしまうから、この点、科挙の害は、中国よりも韓国の方がひどい」

「どうしてですか?」

「そりゃ簡単だよ。たとえば中国では官僚の息子が医者になりたい、あるいは科学者になりたいと言っても、許される。親はいい顔はしないかもしれないが、官僚の息子だからといって、絶対に官僚になる必要はない。ところが、韓国ではどうだ? 誰でも科挙を受験できる中国と違って、韓国では両班階級しか受験できない。受験資格そのものが一種の特権になっている。しかし、この特権も三代続けて科挙に落第すれば失われる――そうでしたね、金先生」

「その通りだ」

「一度、受験資格を失ってしまえば、中国と違って敗者復活のチャンスはない。だから、どこの家でも息子を科挙に合格させるために狂奔する。その子がどんな適性を持っていようとおかまいなしに、科挙に合格させ官僚の道を歩ませることだけ考える。普通どこの国でも、優れた文学者や芸術家は貴族階級から出ることが多い、近世以前は特にそうだ。もともと文化というものは暇と金がないとできにくいものだからね。あるいは貴族自身芸術家とならなくても、優れた芸術家のパトロンとなって、文化の発展に貢献することだってある。モーツァルトやワグナーの音楽、レオナルド・ダ・ビンチの絵画をはじめとして、西洋にも、もちろんそういう例はたくさんある。ところが韓国はどうか、貴族階級である両班の子に生まれたら、まず科挙を受験することを考えねばならない。長男は特にそうだ。その子がどんなに大芸術家の素質を持って生まれようとも、どんなに技術者の道を歩みたいと願っても、その願いは必ず無視され、好きでもない受験勉強をやらされ官僚への道を歩まされることになる。これが欧米や日本なら、家を飛び出して好きな道に走るという手もあるが、韓国では絶対にそれはできない。なぜなら孝が人倫の第一だからだ。孝を守らない奴は人間扱いされないし、おまけに芸術家なんて儒教の世界ではまったく尊敬されない。だから思い止まらざるを得ない。結局、もてはやされるのは詩と文章だけ。小説のようなものには両班は手を染めないし、保護しようともしない。『春香伝』のような国民文学も、ハングル自体を諺文とバカにしていた両班が保護するわけもない。だから、科挙の害は韓国の方が深刻なんだ。中国なら、芸術家の素質をもった人間は芸術家になれる。それに士大夫の使う文字と、国民の使う文字が同じだから、文学も作りやすいし、国民共通の財産になる。ところが韓国ではこれが全部できない。ぼくはときどき思うんだよ。三流の官僚であったがゆえに韓国史に名をとどめなかった人々の中に、他の道に進んでいれば大芸術家、大科学者として名を残した人が何人もいただろう、とね。それと、韓国が儒教にあれほど染まっていなければ、もっと早く、おそらくチベットや日本のように、ハングル制定よりも五百年も早く、きっとハングルのような文字を作り出していただろう。そうしたら、もっと早く、中国語ではない韓国語による素晴らしい文化が花開いていたんじゃないかと。考えて見れば科挙というのは、一千年にわたる壮大な人材の無駄遣いだね」

「口惜しいなあ」

崔が涙をこぼした。そして、まるで和田に向って抗議するように、

「どうして韓国だけが、こんなにバカな道を歩んだんでしょうか。どうして、チベットや日本のように――」

「チベットのことはよく知らないが、日本ならわかる。要するに韓国は中国と陸続きだったが、

日本は四面を海に囲まれていたということさ。これは万里の長城よりも大きい天然の堀だ。しかも、申しわけないが、中国と日本の間に半島があったことも、日本には幸いだった。つまり、韓国が中国に対する『長城』になってくれたというわけ。隣りの家が暴力団の事務所だというのと、川向うの家が暴力団だというのは、全然違うだろう。暴力団の隣人は、何かと気を遣わねばならないし、直接付き合わねばならない。ところが川向うの住人は気楽なものさ。その付き合いを観察して、おいしいところだけ真似すればいいんだから。まあ平たく言えば、こういうこと。韓国がその隣人で、日本は川向うの住人というわけさ。ちなみに、こんなことで慰めになるかどうかわからないが、知識階級があれだけ中国化したのに、韓国人が自らの言語や文化を傷つけられたとはいえ喪失しなかったのは、やはり見事だよ。あれだけ中国にあこがれてたんだから、全部中国にとけてしまってもなんの不思議もないのに」

「そうですかね」

崔は納得できないような顔をしていた。

「そうだよ、中国文明の同化力はすごいんだ。あのユダヤ人でさえ、中国では自己の独自性を消失して、中国人になってしまったと言われている。しかし、さっきから散々悪口を言っていた科挙だが、ある意味では、韓国の中国化を阻止した功もあったね」

「どうして？　科挙は民族文化の担い手が出るのを妨害したんでしょう？」

「両班からはね。でも、科挙は同時に人間をエリートと非エリートに二分するから、大衆の方は放っておいてもいい、庶民が何をしようと、諺文を使おうが、民族芸能に励もうが、放置しておいていい、ということになる。もし、この区別がなかったら大変だよ。貴族から庶民に至るまで、すべて完全に中国化しなければならなくなる。この区別があってこそ、ハングルも諺文と蔑まれながらも生き残ることができるが、士大夫も庶民も区別なく平等であるということになれば、逆にみんなが中国化の義務を負うことになる。こうなったら韓国語禁止、韓国文化撲滅まで行ってしまうだろう」

「まるで、日本統治時代みたいだ」

崔は思わずそう言い、あわてて頭を下げた。

「すみません、つい口がすべって」

「いや、いいんだよ。その通りなんだ。君の言ったことは、君が考えている以上に、歴史の真相を言い当てている。戦前の日本というのは、要するにそれだったんだ。概念としての中国、いま実際に大陸にある中国じゃないよ。そうじゃなくて観念の中の中国、世界の中心にあり世界のすべてが見習うべき国であるという意味の中国だ。そう言えば韓国も、中国大陸が清の時代に、自分の方が文明国だから『中国』だと考えた時期がありましたね、金先生？」

「ああ、確かにありました」

「日本は、やや遅れてそうなった。ただ、日本と韓国の違いは、韓国はあくまで儒教体制の充実の度合いをもって、どちらが真の『中国』かという評価を下すんだが、日本は西洋の文化も含めた総合的な文明度で『中国』を決める。だから、同じ『中国』でも内容はまったく違う。日本の方はむしろ新中国だね。その新中国と従来の中国との一番の違いは、西洋文明を採用するか頭から野蛮なものと決めつけるかという違いの他にもう一つある。従来の中国では官と民が峻別されるから、中国化は官のところでストップしてくれる。しかし新中国の方では原則としてその区別がないから、新中国化は庶民にまで及ぶ。つまり単なる中国化ならば、その国独自の文化は庶民の中へ逃げ込むことができるが、新中国化の下では、それは許されなくなるんだ。これが皇民化政策という愚かな政策の正体ですよ」

「なるほど。創氏改名(*)もそういうことか。わたしはいままで、日本人が野蛮で愚かだからそうしたのだと思い続けてきたが」

［*日本が韓民族の姓を無理矢理日本風に改めさせた植民地政策上、最大の愚挙］

金の言葉に、和田はあわてて、

「もちろん、そうです。もちろん愚かだからそうしたんですが、どうしてそういう愚かな真似をしたかというと、そういう思想的背景があったということです」

「けっ、思想的背景かよ、背景があれば何をしてもいいのかよ」

「林君、少し黙っていなさい」

金が一喝した。

林は首をすくめて沈黙した。

「和田先生、ぼくはどうしてもわかりません。なぜ日本に民主化が可能だったのですか、日本も『中国』を目指したのなら、民主主義とは相容れない体質のはずですが」

崔が聞くと、和田はうなずいて、

「うん、それはぼくも疑問に思ったことがある。だから儒教や科挙のことを調べてみた」

「それで?」

「うん、一応の解決はついたと思っているよ。日本と韓国にわだかまる問題の正体もね、結局それにつながっている。簡単に言えば、日本人も韓国人も思想的伝統から自由ではあり得ないということだ」

「どういうことですか」

「まず、北の方の現況を見てみよう。北が共産化したのは、先程指摘したように、儒教の影響で、選ばれたエリートが大衆を導くという思想的伝統があったからだ。これは朝鮮民族にとって受け入れやすい考え方だ。しかし、北の共産主義はユニークというか、世界に類を見ない珍妙な点があるでしょう。中国にもソビエトにもない――」

「――？」

「権力者の世襲さ。金日成の政権が、その息子であるという理由だけで、金正日《キムジョンイル》に委譲されようとしている。二十世紀にもなって、しかも王制の国でもないのに、『科学的』共産主義の国家が、どうしてそんなことをする？　金日成が愚かだからか？」

「違うんですか」

「もちろん、愚行には違いないよ。『民主主義人民共和国』の主権が世襲されるなんてとんでもない話だ。しかし、単に愚かだ野蛮だと憎しみをぶつけるだけではいけない。それでは結局、歴史の真の姿は見えてこない。愚行にも、民族の伝統が反映されており、どんな人間もそれから自由ではあり得ないんだ。たとえば同じような立場にいる人間に中国の鄧小平がいる。同じ科挙の伝統を持つ国だから、共産化しても不思議はないが、どうして鄧小平は権力の世襲まではやろうとしないのか、あるいは、できないのか。もちろん自分の息子や娘を権力を利用して高い地位につけることはしている。だが、自分の家族を守るためには『十万人』殺しても平気な人間が、どうして権力の世襲はやらないのか、それをやっておけば一番安全だよ。自分の子孫が殺されたり牢にぶち込まれないためには、そうしておけばいいじゃない。それなのに、なぜ、鄧小平はやれないのか、鄧小平がやれないことを、どうして金日成ができるのか」

「わかりません」

「考えてごらん。中国と韓国の儒教の相違点、あるいは科挙の相違点は何だった」

「受験資格の——世襲ですね！」

「そうだ。東アジアにおける共産主義体制というのは、科挙による礼教体制と同型のものだ。しかし、礼教体制と違うところは頂点に王がいないというところで、むしろ官僚の自治という形になっている。つまり鄧小平も金日成も、選ばれたエリート『官僚』の頂点という形で君臨している。しかし、中国には皇帝は世襲させても、選ばれたエリートを世襲させたという伝統がない。伝統がないと、どんなに強大な権力を持っていても、それを始めることは難しい。民衆だって、そうそうは黙っちゃいないからね。しかし、韓国にはその伝統がある。中国よりは抵抗が少ない」

「じゃ、定着しますか？」

「いや、いくらなんでも定着はしないよ。ヒットラーもチャウシェスクも倒された。同じことがきっと起こる。それは歴史の鉄則だ。ただ、とにもかくにも、一度は実施できたというのは、そういう思想的伝統があってこそだ。中国なら、そういう伝統がないから、ハナから不可能なんだ。どうしても権力を世襲させたければ、帝政を敷くしかない。皇帝ならば権力を世襲するという伝統があるからね」

「よくわかります」

崔は感心して言った。

「そこで、今度は、日本へ行こう。明治時代の日本が、他の東アジアの国、それまで先進文明国であった中国や韓国に先がけて民主化できたのは、日本だけにあって中国や韓国にない民主化の思想的背景があったからだ。では、それは何か。その前に聞こう、民主主義にとって最も大事な要素は何か、自由だろうか、それとも平等だろうか」

「自由ですか」

崔は聞き返した。

和田はゆっくり首を振って、

「違う、平等だ。なぜかと言うと、たとえば人間が平等でなく、上下関係があるとすると、上は下に対して自分の気に入らない『自由』を奪うことができる。タバコを吸う自由とか、あるいは気に入らない思想を信奉する自由とかを」

金が苦笑した。

和田も笑って、

「タバコを吸う自由云々はともかく、思想の件は重要だろう。上の人間が下の人間に、この思想はわが国にそぐわないから捨てろ、と命令できるとしたら、当然その国には自由がないということになる。思想の自由がなければ集会の自由も結社の自由も有りようがない。しかし、逆に、そういう上下関係が一切なければ、他人がどんな思想を信奉しようと口出しはできない。だから、『たとえ私があなたの思想に反対でも、あなたがその思想を信奉する権利を私は尊重する』ということにならざるを得ない。すなわち思想の自由、いやすべてにおいて自由という概念が成立するためには、まずその前提として完全な平等が存在しなければならない。考えてみればあたり前の話だ。上下関係があるということは、支配と従属の関係が存在するということだ。従属する側に自由があるわけがない。従属ということはそもそも自由のない状態を指すのだから。だから自由の前提として平等がなくちゃいけない。では人間の間における完全な平等の実現のためには、どういう思想的背景が必要だと思う？　このことは先程少し触れたね」

「人間の可能性、高貴性の否定ということですか」

「そう、よく覚えていたね。人間に個々の価値を認めていれば、平等ということにはならない。世宗とそこらのスリは、明らかに違う、世宗の方がはるかに立派な人間だと考えるのが普通の考え方だ。しかし、民主主義の社会では、世宗もスリも同じ一票しか持てない。なぜ、こういう思想が生まれたかというと、それは朴先生に聞いた方がいいかもしれない」

突然名指しされた朴は、

「わたしが?」

と、和田に目を向けた。

「そうです。あなたはキリスト教に関心があるようだから」

朴はすぐに気が付いた。

「そうか、神か」

「そうです。いわゆる神《ゴッド》、キリスト教の神です。崔君、聖書《バイブル》を読んだことがあるかい?」

「いいえ」

「じゃ、聖書物語のようなものは? 絵本や映画のようなものでもいいよ」

「それなら、あります」

「じゃ、話は簡単だ。要するに、天地創造とアダムとイヴの神話を思い出してごらん。あの神話の言いたいことは一つだ。神は宇宙のすべてを作った、すべての生命も人間も、神の手によって塵《ちり》から生まれることができた、すべての人類はこの子孫ということになっている」

「ええ」

崔はよくわからないながらも、あいづちを打った。

「とすると、人間というのは、もともと泥の固まりのようなものだ。使徒パウロは人間を壺にたとえている。つまり、たかが壺なんだ。世宗とスリの高貴さの違いといっても、せいぜい壺の釉薬《うわぐすり》が違う程度のもので、とるに足らない。たとえば人間がいくら大きくなっても身長三メートルの奴はいない、これが人間の限界だ。そうすると、おれは百八十センチある、おまえは百五十センチしかない、三十センチも差があるといったって、そんなものは取るに足らない。それをもっととてつもなく巨大なもの、たとえば地球と比べてごらん、人間なんて三メートルの枠におさまってしまう、それぞれの差なんてまったく無視していい存在ということにならないか」

「ああ、そういうことですか」

「そうなんだ。つまり神という、とてつもなく偉大なものを設定すると、人間というのはまったく十把ひとからげ的に平等になるんだ。もっともこれはそういう偉大なものがあるから、その下では平等になるということであって、絶対的な神というものがない限り、人それぞれの価値というのは相対化されない。儒教の世界では、天という神に似たものがあるにはあるが、これはキリスト教の神と違って万物の創造者ではない。だから無視されやすいし、平等化の推進材料にはならない」

「しかし、西洋には、それがある」

「うん。だが、当初はなかなか理想通りに平等は達成されなかった。たとえばカトリックには法王を頂点とした聖職者のピラミッド型組織がある。本来、神の前ではすべての信徒は平等なはずだが、実際には長い間、聖職者と一般信徒という階層ができていた。これは科挙で選ばれた士大夫が大衆を指導するという形によく似ている。また例の『ケンカに勝ち残った』封建領主たちも自分の支配を正当化するために、『王権神授説』などという理論にとびついた。これは神が秩序を保つため、人間界の中から特に優れた人間を選んで王権を授けたのだ、だからこの支配権は正統なものであり王と人民の間は平等ではなく、反逆は許されないという考え方だ。これは儒教の天命思想によく似てるね。天が優れた人間を選び地上の支配権を与える、だから皇帝のことを天子ともいう。だから、一時期、東と西はよく似ていたんだけどね、決定的な違いは西の思想の根源はキリスト教であり、そこには絶対的平等を推進する概念が含まれていることだ。それはたとえば有名な農民一揆のワット・タイラーの乱で『アダムが耕し、イヴが紡いだ時、誰が領主だったか』という言葉にも現われている。そして、この思想は、カトリック教会への抗議者《プロテスタント》たちによって、より尖鋭化されることになる。ルターやカルバンの主張は一言で言えば、神の前ではすべての人間は平等であるということだ。だからローマ法王庁の権威は認めない。聖職者という特別な階級も認めない。カトリックの神父は妻帯しないなど種々の戒律を守らねばならないが、プロテスタントの牧師は妻子を持っていい。なぜなら、人と神との間に特別な階級を認めない、平等だからそんなものあるわけないじゃないか、ということです。でも実際問題として教会を運営しなくちゃいけないし、カウンセラーのようなものも必要だ。そこであくまで信徒間の代表者として、牧師という存在を認めた。カトリックの神父が士大夫なら、牧師は民主選挙のもとで選ばれた議員のようなものだ、と言えばわかりますか。このプロテスタントは、一つではない。その原理上一つではあり得ず、次々に分派ができていく、それもあってプロテスタントはどんどん広がっていく」

「どうしてですか」

「人間、こと神と信仰についても、いろいろな見方をするものだから、だ」

「でも、それはカトリックも同じでしょう」

「いや、カトリックはダメなんだ。というのは、あれは法王を頂点とした一枚岩の組織だから、もし異端の説が出たら弾圧される。上層部がそれを認めればいいが、認められない場合、その異端の説を出した者は中世なら死刑、現在でも破門だ。ところがプロテスタントはこうはいかない。信者同士、本質的には平等だから――」

「ということは、信仰の自由がある」

「わかってきたね、もっとも最初はカルバンが論争相手を焼き殺したりして、完全に機能していたわけじゃない。しかし、そのうちにたとえ殺したところで問題の解決にはならない、論争はするが、相手の立場は認めようということになった。だからいまでも基本的には自由だ。たとえば朴先生がいま所属している会派の聖書解釈にあきたらず、もっと違う原理で信仰したいとなれば、『プロテスタント原理派』を作ってもいい。もちろん、もと属していた会派からも、別の会派からも激烈な論争を挑まれるかもしれない。しかし、異端だから抹殺するとか破門にするという、強圧的なことはできない。信者は本質的には平等であり対等なんだから」

「まるで『野党』を認める考え方みたいだ」

崔の感想に和田は微笑して、

「まるで、じゃなくて、その通りなんだよ。それが思想の自由、良心の自由ということの始まりなんだ。もっとも、最初はキリスト教をどういう解釈で信じるか、という限定された自由だったが、そのうちイスラム教だろうが仏教だろうが、たとえ悪魔の思想だろうが、個人が内面に持っている思想は問わないということにもなった」

「でも、悪魔思想というのも認めるんですか」

「そうだよ。それが内面にとどまる限りはね。わかりやすく言えば、単に共産主義の信奉者だからといって弾圧してはいけない、その信奉者がその主義に基づいて法を犯すことがあれば、その犯したことについてのみ罰すれば充分である、ということだ。それに君はいま悪魔の思想と言ったが、それが本当に悪魔の思想かどうか判定を下せるのは神だけだ。ということは人間は判定を下してはいけないということだよ。そうしないと権力者が恣意《しい》的に判定を下すおそれがある。たとえば、いま儒学の一派である陽明学は何てことのない普通の思想だが、朱子学絶対の李朝では、悪魔の学問視されていた。また、現在のわれわれは『複数政党制』という思想を信じているが、これが否定されている国もある。そういう国は一つの党絶対で、それが絶対に正しいと信じるがゆえに、他の政党を認めないわけだ。そういう国に自由があるかどうかと言えば、これは言うまでもないな」

「先生、それはよくわかったのですが、ますますわからなくなりました」

「うん、どういうこと？」

「その前に確認しておきますが、我国《ウリナラ》には民主主義の基礎となる絶対的な平等を保証する思想は、ないのでしょうか？」

崔は必死の表情で言った。

「う、うん、ぼくも韓国思想史をすべて知っているわけではないから、丹念に探せばあるかもしれないね。しかし、朱子学はダメだ。その理由は何度も言ったね。人間をエリートと非エリートに分けてしまうからだ。それに仏教もダメだ。ぼくは禅が日本の発展に大いに貢献したことを言ったが、民主主義という点では禅はむしろ足を引っ張る方になる」

「どうしてですか」

「これは実に皮肉なことなんだが、儒教や仏教など、民主主義の母体とならない思想には、共通点が一つある。何だと思う？」

「わかりません」

「人間の可能性への信頼」

「えっ」

崔は耳を疑って、

「でも、それはいいことでしょう」

「そう、いいことなんだが、これを推し進めていくと、結局、人間は努力によってよりよくなれるということになる。そうすると、よくなった人間、これを儒教では士と呼び、仏教では菩《ぼ》薩《さつ》と呼ぶんだが、このよくなった側と、そうでない側が共に一人一票ということはあり得なくなってしまう」

「ああ、そうか、では、プロテスタントでは」

「これはカトリックのパウロの時代からあるんだけど、キリスト教は人間というものを、弱くて小さくダメな存在だと考える。神があまりにも偉大であるがゆえに、人間の矮小《わいしょう》さを強調するきらいもあるけど、実際、人間のやることに完全なことはないし、たかだか百年弱しか生きられないのに、何ができるか。そういう矮小な存在であるからこそ、神の前では偉人も賢人もない、みんな平等だということになる。また、こういう考え方から、三権分立という政治システムは生まれる」

「えっ」

「三権分立の根本思想を考えてごらん。人間が本当の意味での君子だけだったら、こんなシステムは必要ない。放っておくと何をしでかすかわからない連中だからこそ、相互に監視させないとあぶないんだ。その根本には人間に対する不信がある。だから、人間を信じる儒教や仏教からは、こういう考え方は生まれてこない」

「でも、人間を信じる思想の方が民主化・近代化を阻止して、不信の思想の方が役に立つなんて」

「人類の思想史上最大の逆説《パラドックス》かもしれないね。ともあれ、韓国は民主主義政体を採用した。ということは朱子学を捨てたということでもあり、また本当に捨てなければ、真の自由・平等は達成されない。この意味で、いま韓国でキリスト教徒、特にプロテスタントが爆発的に増えているのは極めて納得のいく現象だ。韓国人は、日本人より黒白をきっちりつける民族だから、儒教を捨てればキリスト教を採用することになるんだろうね。近い将来、韓国がプロテスタントの国家になっても、ぼくはまったく驚かない。もっとも、その時は、族譜とか本貫とかいう言葉が消え、ハングルも消えてアルファベットになるかもしれないね」

「そこで、ますますわからないのですが、日本はプロテスタントが盛んなんですか?」

「ああ、そういうことか。いや、日本のキリスト教徒の数は、おそらく先進国中で最低だろうね」

「だったら、どうして――」

「民主主義化が達成されたか、かい？　それは――」

「戦争に敗けて、アメリカに占領されたからさ。植民地は発展するんだろう、あんたの理論じゃ」

林が毒付いた。

「林君」

金が厳しい口調でたしなめようとしたが、和田はそれを制して、

「いや、それは一部正しいのです。日本はアメリカに敗けて占領されることによって、自らの手ではできなかった最終的な民主化をなしとげたんです。たとえば小作人の解放とかね。ちょうど外国の植民地化によって四匹のドラゴンが発展したのと同じです」

「しかし、アメリカの占領は光復《クアンボク》（*）以後だ、それ以前に立憲君主制をどうして成立させることができたかという解答にはなっていない」

［＊一九四五年の日本からの解放を指す］

金が指摘した。

和田がうなずいて、

「おっしゃる通りです。一部とはそういう意味で、日本には、中国や韓国にはない、独自の思想的背景があったんです」

「それは何かね」

金の質問に、和田は皮肉な笑いを浮かべ、

「それも実は朱子学なんです」

全員が妙な顔をした。

金がその気持ちを代弁して、

「それはおかしい。君がいままで言ったことと完全に矛盾するじゃないか」

「ええ、ただ、私の言う朱子学とは、中国や韓国のそれではなく、日本的に『改良』されたものなんです」

「どう改良したのかね」

「改良と必ずしも言い切れるかどうか、わかりません。日本の朱子学者は李退渓の影響を強く受けていて、むしろ日本朱子学の祖は李退渓だと言ってもまちがいありません。しかし、それはよく韓国人が誤解しているように、日本の朱子学が韓国のサルマネだったということではないんです。むしろ全然逆で、独自の発展を遂げました。李退渓にそれを見せたら憮然《ぶぜん》として、こんなものは朱子学ではない、と言うでしょう。ちょうど親鸞の仏教が、開祖の釈迦のものとは似ても似つかぬものになっているように」

「どういう風に変わった、いや、変えたのかね」

「湯武放伐論《とうぶほうばつろん》を追放したんです」

和田は崔を見て、

「金先生は御存じでしょうが、若い人もいるので、説明します。目上の人間に逆らってはいけないというのが儒教の根本です。親に対しては孝であり、主君に対しては忠でなくてはならない。しかし、歴史の中には、どうにも許し難いような悪王がでることがある。その時、臣下はどうすればいいのか、王がどんな悪政を行なおうと黙って見ているしかないのか。この疑問に答えたのが孟子だ。孟子は、本来臣下の身で王を討つのは忠義に反するが、悪政を敷く王というのはもはや王の資格を失っているから討っても忠義に反しない、という理論を考え出した。これを湯武放伐論という。これは悪王を追放あるいは討伐した、湯と武という二人の王がいたことにちなんで命名されたんだ。ところが、日本ではこの湯武放伐論が排除された」

「どうしてですか」

崔が聞いた。

「それはね――」

　和田は苦笑して、

「日本の天皇が神の子孫と考えられていたからだ。中国や韓国の皇帝や王は、天からの命令を受けたから王者になれたというのが、儒教の天命思想だ。しかし、これは、もともと王者はただの人だったということを言っているのと同じだ。しかし、日本の天皇は神の子孫だ。それゆえに尊いと、日本の朱子学者は考えた。特に代表的なのは、山崎闇斎《あんさい》という人で、この人は朱子学者であると同時に、神道家でもあった。こういう人が特殊な日本の朱子学を作っていったのです」

「しかし、湯武放伐論を排してしまうと、悪王が出たとき困るのではないかね」

　金が不思議そうに言った。

「ええ、だから、逆に、天皇家に『悪王』が出ることはあり得ない、なぜなら神の子孫だからだ、という理論になっていきました。つまり天皇の神聖化、絶対化です」

「――」

「これは一見とんでもない方向に見えますが、天皇が絶対化されればされるほど、それはキリスト教の神と同じように、人間の平等化を推進する原点となったんです。これも一種の逆説ですね」

「どういうことですか、よくわかりません」

崔が首を振った。

「天皇が絶対化・神聖化されるということは、臣下との間に絶対越えられない一線が引かれるということだ。たとえば、日本にもかつて貴族制度があり公爵や伯爵がいた。しかし、ヨーロッパや韓国の王制と一番違うのは、公爵が反乱を起こして天皇の位に就くことはできないということだ。公爵は家臣の中で一番偉くても、やはり家臣に過ぎない。むろん公爵にできないのだから他の誰にも放伐できない。ということは、天皇の前に出れば、公爵だろうが一庶民だろうが、一臣下として平等だということになる。つまり絶対的な平等が確保される」

「でも、そこで天皇が専制君主となれば、平等は達成されても民主主義は──」

「だから立憲君主制にすればいい。もちろん最初はそういうところまで考えてはいなかったよ。しかし、日本がいちはやく近代化への道を歩むことができたのも、まさにこの逆説があったからだ。明治維新以前の日本にも、士農工商はあった。兵農工商と言うべきかもしれないが、しかもこれは韓国も同じだと思うけど、士農工商の中でも、身分の差は細かく分かれていた。士と一口に言っても、上は大臣から下は書記クラスまで細かく分かれている。同じ身分でも、先輩後輩あるいは長幼の差というものがある。わかりやすく言うとね、近代以前の社会では、人を十人呼ぶと、その十人に必ず身分の順位というものが付けられる。これは百人呼んでも千人呼んでも同じだ。席次というものが一義的に決まる。しかし、現代はそうじゃないだろう。クリーニング屋さんと農民とどちらが偉いのか、こういうことが決められないのが現代社会だ。士農工商の社会ではこれが一義的に決まる。しかし、日本では、天皇の絶対化によって、農民だろうと商人だろうと、勤皇の志士という点で同志になれたんだ。もちろんここには上下関係はない。当時の日本は、形式的には天皇家から統治権を委任された将軍が、全国民を支配しているということになっていたが、ここに『天皇の一臣下』という概念を持ち込むと、たちまち将軍とそこらの身分の低い人間が、天皇の下で平等になってしまう。西郷隆盛や坂本龍馬、あるいは桂小五郎、高杉晋作といった、勤皇の志士たちが、将軍家を打倒することができたのも、こういう思想背景があったからだ。そして、そういう志士の一人に、あの伊藤博文もいた」

和田がその名を口にすると、韓国側にさっと緊張が走った。

伊藤博文、日本では明治維新の功臣として有名なこの男は、韓国では日韓併合を推進した最大の悪人である。だから、その伊藤をハルビン駅頭で射殺した安重根は、近代史における最大の英雄なのである。

「日本人で一番の悪《ワル》は豊臣秀吉、二番目が伊藤博文、それはぼくも充分にわかっています。しかし、あえて言いますが、この二人は日本では英雄であり偉人であるということです。歴史では往々にしてそういうことがあります。ある民族にとっての英雄は、他の民族にとって悪鬼であるというのは、少しも珍しいことではありません。もちろん、ここで二人が韓国に対して行なったことを正しいとするつもりはありません。その逆です。ただ、いままで考究したことについて、伊藤博文の業績を避けては通れないので、あえて名を出しました」

「その業績とは?」

「大日本帝国憲法、いわゆる戦前の憲法の制定作業です。これは伊藤が中心になって行なった作業でした。ここで、伊藤はいままで理論として語られていた天皇神聖論を初めて法文化し、憲法の中に規定したのです。このことによって、日本の立憲君主制、制限的民主主義が確立します」

「すると、そういう朱子学的民主主義の最後の完成者が伊藤博文だったことになる」

「ええ、奇遇ですね。日本の朱子学の祖が李退渓で、その日本的完成者が伊藤博文、千ウォン札と千円札で二人がそれぞれの国を代表していたこともありました――」

「先生、じゃ、その伊藤が、韓国に対しては併合という野蛮な手段しか取れなかったのはどうしてですか」

崔が身を乗り出した。

「決まってらあ、日本人は野蛮で残酷だからさ」

林が性懲りもなく言った。

金は今度は激怒して、

「いい加減にせんか。君のような考え方では何の前進もない、進歩もない。それをわれわれは学んだはずだ」

「わかりましたよ」

不貞腐れて林は言った。

「いや、それは一面で正しい。韓民族にこう言われては、日本人としては言うべきことはないです」

和田が神妙な顔で言った。

「いや、和田先生。あなたは意見がおありのはずだ。ぜひともお聞かせ下さい。われわれ民族の今後の生き方にもかかわってくることだから」

「ええ、でも、何となく言いづらいな」

「わかります。でも、ぜひお聞かせ下さい」

　ずっと年長の金が頭を下げたので、和田も覚悟を決めた。

「わかりました、では、非礼を省みず申し上げましょう。同時代の日本駐在のイギリス公使にパークスという男がいます。この人は、ある意味で、野卑・野蛮としか言いようのない外交官でした。というのは、東洋人とみたら恫喝《どうかつ》する、怒鳴りまくって脅し上げればいい、東洋人とはまともな議論ができないと考えていたふしがある。このパークスの外面的行動から彼を野蛮人と規定し、イギリス帝国主義を野蛮だと決めつけてしまうのも歴史を考える上での一つの方法です。わたしも子供の頃はそういう考え方でした。しかし、いまは違います。パークスという人間がどうしてそんな考え方をするようになったか、それを調べてから意見を出すべきだと思ったんです。それで、彼の回顧録を読んでみました。すると、彼は少年時代にイギリスの中国総領事館に給仕として働いていたんですね。ある日、そこへ中国人の大官がやってくることになった。その歓迎準備のため、領事から下級の職員に至るまで、全員が椅子を動かすなど、かいがいしく働いていたんです。ところが、領事自ら腕まくりをして働いているのを見た大官は、こんな下賤な連中とは話ができないと、さっさと帰ってしまったのです。どうして『下賤』と思ったか、なぜ話もできないと思ったか、繰り返す必要はないですね。むろんこの大官は科挙合格者でしょう」

「パークスはその少年時の体験で、東洋人とはそういう民族だと思ったのですな」

「そうだと思います。大官の方はイギリス人を下賤であり野蛮人と見ました。しかし、そう見られたイギリス人の方も、中国人とは独善の文化に凝り固まったどうしようもない連中で、話もできない。これは恫喝しかないと考えたのでしょう。皮肉なことに、人間というものは問答無用で頭から軽蔑されると、逆にその相手のことを同じく問答無用で否定するようになる。極めて不幸な関係ですが、これは事実です。イギリスと中国は、少なくともパークスと中国人はそういう関係でした。そして、これを言うのは気がひけるのですが、韓国人と日本人も当時そういう関係になってしまったのです」

「日本人は既に近代化している、そうしなければ国家が立ちゆかぬことも知っている。しかし韓国人は日本人のその近代化・西洋化のゆえをもって野蛮人と決めつける。そこで、こんな民族に自主性を認めても仕方がない、むしろ徹底的に改造した方がいい、と思ったという解釈ですか――」

金は怒らず、淡々とした口調で言った。

「ええ、そうです。もちろん、いくら相手が頑固だからといって、だから泥棒に入っていいということにはなりません。この点は、明らかに日本人に非があるところで、明確にしておかねばなりませんが」

「朴先生、どう思うかね」

金が感想を聞いた。

「人間、憎悪の目で物を見てはいけないということが、よくわかりましたよ」

朴はあらためて、和田に歩み寄り、

「ところで、最後に一つ教えて欲しい。わが民族はどうしてこういう性格になってしまったんだ。何か呪いでもかけられているような気がするんだが、一体誰が元凶なんだ」

「その元凶の名はもう、胸のうちにあるはずだよ。だけど、実際どういう人物か、その目で確かめてみた方がいいかもしれない——裁判長」

和田は久しぶりに天帝を呼んだ。

「なんじゃ」

「十二世紀の中国人朱子こと朱熹《しゅき》を呼んで下さい」

「よかろう」

その声と共に、宋代の儒服をまとった老人が証言台に姿を現わした。

まるで梅干を噛みしめているかのように渋い顔をした、頑固そうな老人である。

「朱熹さん、いや朱先生とお呼びしましょう。あなたがかつて宋の皇帝に上奏した文のことについてうかがいたいのです」

和田が声をかけた。

「いつのことか、上奏はたびたびしておる」

「あなたが武学（*）の教授になられる直前のことです」

［*宋時代の兵法の学校］

「ああ、あれだな、よく覚えておる」

「あなたはあの中で、敵対していた金国《きんこく》を討つべしと強硬論一点張りの主張をしていますね。それはなぜですか」

「当然ではないか、金はわしのお仕えする宋国の不倶戴天の敵、しかも夷じゃ。討ってなんの不審があろうぞ」

「しかし、講和をするという手もあるでしょう」

「講和じゃと」

朱子は目をむいた。

「何故あのような夷と和を結ばねばならんのだ」

「夷といっても、一国の主です。彼等は彼等なりの文化を持って行動しています」

「夷に文化などない」

ヒステリックに朱子は叫んだ。

「文化とは中華じゃ、我等のことだ。夷なんぞは人間のうちに入らぬ」

「しかし、中華とおっしゃいますが、中国の中心部ともいうべき中原《ちゆうげん》は、金の手にあるのでしょう?」

「だから回復せねばならんのだ、あれは父祖の地、たとえ宋人の人種《ひとだね》が尽きようとも金を滅ぼし、中原を回復することこそ、父祖への孝、王への義じゃ」

「でも、現実問題として、宋の軍じゃ精強無比の金軍には勝てないと思いますが」

「戦は利でやるものではない、夷を中原から追い払うのは正義の戦いじゃ、勝敗は二の次。まず戦を起こすのが第一じゃ」

「じゃ、せめて、金軍の装備を見習って、武器の充実をはかったら」

「夷の真似などできるか!」

その見幕のすさまじさに和田は一瞬ひるんだが、さらに質問した。

「どうしてです。金軍には確か、世界最新鋭の火薬ロケットがあるはずです。あれを一つでも手に入れてくれれば装備の近代化ができますよ」

「何度言ったらわかるのだ、夷の真似などできるか。これは正義の戦いじゃ、戦いは正しいものが勝つ。それを夷狄《いてき》の武器など導入したら、国の体面が傷つくではないか、父祖にも申しわけがたたぬ」

「でも、そうしないと負けてしまうのなら、仕方がないでしょう」

「もうよい。わしは義をつらぬくのみだ。夷狄には死んでも降参せぬ」

「こっちも、もういいや、帰ってもらってくれ」

朴がうんざりしたように叫んだ。

天帝が和田を見た。

「よいのか?」

「はい」

それで朱子は消えた。

「朱子ってあんな男だったのか」

「祖先が尊敬していた人物の正体を垣間見るというのも、つらいものがあるな」

丁と朴が口々に言った。

朴はさらに和田に近寄って、

「あのジイさん、どうしてあんなになっちまったんだ」

「インテリのヒステリーだろうね」

「ヒステリー？」

「そう、ヒステリーというのは、女性的な性格の人間が、物事がうまくいかない時に起こすものさ。あのジイさんも同じさ」

「もっと説明してくれ」

「うん、宋というのは中国文明史上一、二を争う文化国家だった。しかし、武力は最低だった。隣りに金という強国があり、中華文明の中心たる中原から追っ払われる。仕方がないので江南の地に建国し直した、これが南宋だ。戦争をやっても、皇帝自身が捕虜になったり、屈辱的な講和を結ばされたり、散々な目に遭った。そこで忠臣どもは夷討つべし、となった。中国史上で最も過激な排外思想を創出したのは、この宋だよ。だから宋学は独善的な中華思想による発想が多い、その典型的なケースがこれさ」

「ぶん殴られて地面に這いつくばったインテリが、くそっ、頭はおれの方がいいんだぞ、この野蛮人め、と思ったわけか」

「さすが詩人、その通りだよ。そういうヒステリックな思想背景の中で育てられた思想だ。妥協せず、極めて頑固で、人の言い分に耳を傾けず、自分が一番偉い、自分たちが一番立派だと思い込んだ、いや思い込もうとした。実体を見ず概念の中に逃げ込んだと言ってもいい。そういう学者連中の作った思想だ。どうしてもエキセントリックになる。しかし、思想としては激烈なだけ保守的なのかもしれん」

「自分を見ているようで嫌になるよ」

朴が吐き捨てるように言った。

和田は笑って、

「もう、いいじゃないか、あの思想は日本にも変形して伝わり、韓国に皇民化政策という害毒をもたらした。この辺で、ああいうものから、お互いに脱却しようじゃないか。どうだい？」

と、右手を差し出した。

「わかった、そうしよう」

朴が和田の手を強く握り返した。

なごやかな空気が流れたのも一瞬だった。

「けっ、仲よくするなんざ、とんでもねえ。日帝三十六年はどうした、三・一運動は、創氏改名は、強制労働はどうしたんだい」

林の叫びだった。

しかし、その叫びに共感する者は、いまや韓国側に一人もいなかった。

「これこれ、いい加減にせぬか」

こんどは檀君がたしなめた。

「檀君様、これは御言葉とは思えねえ、わしは安易な妥協をいましめているだけですぜ」

「安易な妥協のう、おまえの本当の不満はこれではないか」

その言葉と共に中空に映像が現われた。

昔の小学校である。

それが林の昔の姿であることを、当の林と檀君だけが知っていた。

そのうち一人の男の子がクローズアップされた。

「寛成！」

林は思わずその名を口にした。

幼なじみで、いまは大佐殿の張寛成である。

「林よ、おまえは誤解しておる。この者はもともとおまえよりもはるかに知能が高い」

「えっ、だって檀君様、こいつは小学校の時、おれより出来が悪かったんで」

「それは病気のせいだ。ずっと蓄膿症だったのだ、この者は。中学の時、手術を受けてなおった」

「本当ですかい」

「そうだ。そこで、この男は士官学校に首席で入学し、在学中もずっと首席で、卒業も首席だった。おまえにこれができたかな」

林は衝撃を受けていた。

（あいつがおれより上、そんなバカな）

茫然としている林はそのままにして、檀君は天帝に向って言った。

「そろそろ、終わりですな。実は、わたくしぜひともお願いしたいことがございます」

大きくうなずいて聖徳太子も言った。

「わたくしも、たぶん檀君様と同じ願いだと思いますが」

「わかっておる」

天帝はうなずいた。

そして、一同を見ると、

「わしの方から皆にたずねる。もう言い残したことはないか」

「ありません」

日本側を代表して和田が答えた。

「少し、反省しています。いままで憎しみのあまり日本人を侮辱しすぎた、これを何とか償いたいと、今は思っています」

朴が言うと、和田は首を振って、

「いや、それはわれわれ日本人全体にも責任のあることだ。償う、償わないの問題ではない」

「わかった、もう静まれ」

天帝は一喝し、そして声の調子を落とすと、

「皆の者、目をつぶるがよい。そして、これまでの非友好的行ないについて反省するのだ。判決は特に下さぬ。それは各人の心のうちに既に存しておろう」

全員が目をつぶった。

その耳に、おごそかな天帝の声が響いた。

「これにて裁判を終わる」

エピローグ

ふと気が付くと、車はハイウェイを疾駆していた。

林は車の窓を開け、前方を行く高沢の車のタイヤを銃で狙っていた。

指は、既に引き金にかかっている。安全装置もはずれている。

（おれは全斗煥になれたのか）

林は一瞬考えた。

張は自分よりはるかに頭のいい男だったのだ。だからこそ、陸軍士官学校に入学できた。

（おれは結局、妬《ねた》んでいただけじゃないか）

そう思った。いままで他人の幸福を率直に祝ったことがあっただろうか、常に妬み羨《うらや》み、おのれをごまかしてきたのではないか。いま、引き金を引けば高沢の車は確実に止まる。だが、それをして一体何になるのだ。

「やめた」

林は叫んだ。

そして銃を引っ込めると安全装置をかけた。
数秒後、林の車は高速路線バスとすれちがった。
そのバスは何事もなく地平線の彼方へ遠ざかって行った。

「新装版」あとがき

二〇一九年における「日韓問題史」最大の事件と言えば、徴用工問題で日本と韓国が一種の絶縁状態になったことよりも、韓国側から自国の歴史的な欺瞞《ぎまん》を追及する書籍『反日種族主義《はんにちしゅぞくしゅぎ》』（李栄薫《イヨンフン》編著）が出版され、日本だけでなく韓国でもベストセラーになったことだろう。この「韓国でも」というところが肝心で、ひょっとしたら「日韓問題史」の流れを変えた事件として後々まで記憶されることにもなるかもしれない。それほど画期的な出来事である。日韓問題がこれだけこじれた最大の原因は、韓国が国民を団結させるための手段として反日を利用してきたことにある。とにかく日本は「悪」でなければならないという、理性を超えた情熱によって子供たちは教育されてきた。その子供たちが大人になった段階で選んだリーダーが、文在寅《ムンジュンイン》大統領である。彼は反日の極致にいる人物だと言ってもいいだろう。そういう人物が大統領になるのが、現在の韓国の実情である。しかし、その基盤は嘘で固めた反日つまりデタラメの歴史である。あなたがもし韓国人で真の意味の愛国者であったら、この状態をどう考えるか。当然国民に真実を知らせて目を覚まさせようと考えるはずだ。しかし、その試みはこれまで一度も成功しなかった。子供のころから嘘で固めた歴史教育を受け、大人になってもそれを正しいとするマスコミの情報操作に操られた韓国人は、真実を語る人間をことごとく弾圧してきたからだ。

『反日種族主義』の編著者である李栄薫元ソウル大学名誉教授は、かつて日本統治時代の古文書を精査し、日本人が韓国人から土地を取り上げ弾圧したというのはデタラメだという学説を発表した。これは学説であって、しかも客観的データに基づくものだから、反論したければまずそのデータを精査し検討するのが世界の常識である。しかし韓国のマスコミはそうした作業を一切せずに李元教授を売国奴として告発した。この時はそうしたマスコミを盲目的に信じる韓国人たちが李元教授を徹底的に非難し社会的に葬ろうとした。だがマスコミはともかく、韓国人の中にも理性を持ち合理的に物事を考えられる人たちがいる。そうした人たちが根強く李元教授を支持したことが、今回の『反日種族主義』が「韓国でも」ベストセラーになるという流れにつながったのだ。画期的だということがおわかりになるだろうか。

日本人はお人好しで真の歴史を知らないので、私の「嘘」とか「デタラメ」という言葉を聞くと反射的に「この井沢元彦という男は過激過ぎるのではないか」という感想を抱くようだ。だが、はっきり申し上げよう。そういう日本人の態度が、問題をこじれさせてきたのである。

そういう人にはぜひ日本語版の『反日種族主義』（文藝春秋刊）を読んで頂きたい。プロローグのタイトル名は「嘘の国」であり、「韓国の嘘つき文化は国際的に広く知れ渡っています」「政治が嘘つきの模範を示しています」とある。これは李元教授自身の言葉なのである。

韓国ほどでないにしても、いい加減なマスコミは日本にもある。いや、ほとんどの日本のマスコミは韓国の実情を正確に報道していない。たとえば韓国では『ムクゲノ花ガ咲キマシタ』という小説が大ベストセラーになり映画化もされて大ヒットした。この小説の内容をご存じだろうか？　韓国と北朝鮮が同盟を結び、日本を核ミサイルで攻撃すると脅し屈服させるという話である。韓国人でこの作品を知らない人は一人もいないと断言してもまちがいないだろう。おそらく文大統領もこんな「夢」を見ているのではないか。つまり、韓国が北朝鮮と「合併」し、核保有国になって日本を叩きつぶすという「夢」だ。この『ムクゲノ花ガ咲キマシタ』騒動が日本できちんと報道されていれば、文在寅という人物ももっと理解しやすくなっただろう。

ところが、逆に日本人はほとんどこの作品を知らない。とにかく隣国で大ベストセラーになっているのだから、その事実は事実として報道すべきなのだが日本のマスコミはそういうところが極めていい加減である。ちなみに作者は金辰明《キムジンミョン》というのだが、彼は『皇太子妃拉致事件』という作品も書いている。日本の雅子《まさこ》皇太子妃（当時）を韓国人が誘拐して植民地支配の罪を詫びさせるという内容だが、なんとこれは実名で書かれているのである。彼らは「イギリス皇太子妃拉致事件」は絶対書かないし、登場人物を実名にすることもないが、日本に対してなら何をしてもいいと思っているのだ。これも事実なのだからニュースとして報道すべきなのだが、日本のマスコミはそれをしようとしない。また、日本でまったく報道されなかった韓国の事件に密陽《ミリヤン》女子中学生集団性暴行事件というものがある。日本のマスコミでは最近女性の人権尊重とかレイプ犯罪の撲滅とか叫んでいるが、そうした態度を貫くならこの事件は絶対に報道しなければならないものだった。どんな事件であったのかはネットで調べるほかないのだが、ぜひ調べてみて頂きたい。日本のマスコミのダブルスタンダードぶりがよくわかるだろう。とくに、いわゆる「地上波」のテレビコメンテーターのなかには、こうした話を知っているはずなのに口にしない人が多い。

そういうわけで、ここからは少し言い訳になるが、私もこの作品を書いたころはそうした「デタラメマスコミ」の影響を少なからず受けていた。冒頭で「書き直したい」と書いたのはそこのところで、ほとんどが「日本のことをここまで悪く書くことはなかったな」というものである。しかし「はじめに」でも述べたように、それはしない。自分にとって都合の悪いところは書き直して、あらゆることを見通していた「賢者」を装うつもりはない。

ただ、「植民地支配」については補足しておきたい。日本が朝鮮半島を植民地支配したというのは、言葉の定義にもよるが厳密にはまちがいである。イギリスはインドを植民地とし、インド人に同等の権利は認めず差別し経済的には搾取した、これが本当の植民地支配である。日本は朝鮮民族に同等の権利を認め、李元教授が証明したように搾取もしなかった。ただし、だからすべて正しかったと主張するつもりはない。こうしたやり方は朝鮮文化の破壊につながるからだ。このことは拙書『逆説の日本史』近代編の中で分析していきたいと考えている。

井沢元彦

二〇二〇年初春

この作品は、１９９１年２月に日本経済新聞社より単行本として、
また１９９５年９月に徳間書店より文庫版として刊行されました。

井沢元彦（いざわ・もとひこ）

作家。1954年名古屋生まれ。
早稲田大学法学部卒。TBS報道局在職中の80年に
『猿丸幻視行』で第26回江戸川乱歩賞受賞。
代表作の『逆説の日本史』は単行本、文庫版、
ビジュアル版合わせて550万部を突破。

デザイン　稲野清（B.C.）
編　集　判治直人（小学館）

新装版 **恨《ハン》の法廷**
2020年３月21日　初版第一刷発行

著　者　井沢元彦
発行人　鈴木崇司
発行所　株式会社　小学館
〒101-8001 東京都千代田区一ツ橋2-3-1
電話　03-3230-5951（編集）
03-5281-3555（販売）
印刷所　凸版印刷株式会社
製本所　株式会社 若林製本工場

ISBN978-4-09-388758-8